藤沢周平　とどめの一文

半沢幹一

新典社新書 81

はじめに

藤沢周平は数多くの時代小説作品を残しましたが、長編・短編を問わず、駄作が一つもないと言われるほど、出来にブレのない作家で、没後も根強い人気を保っています。

その魅力の一つが、彼の文章です。年代とともに作風は多少変化したものの、端正そのものの文体は一貫しています。もとより、それは作品の末尾にも及び、というよりも、末尾にこそ典型的に表れています。

形式としての作品末尾のありようはさまざまある中、際立つのは一文一段落で文章が終わる場合でしょう。一文一段落で文章がしめくくられる時、そこにはまさに一撃でとどめを刺すような切れ味が認められるはずです。藤沢作品にはそれが目立つのではないか。

『藤沢周平全集』（文藝春秋、全二十六巻＋別巻）に収録された、時代・歴史小説作品のすべてに目を通してみたところ、地の文でそれに該当するのが、目次に示す七十三作品でした。ある作品を一つの長編とみなすか、短編の集成とみなすかにより作品数（末尾数）は異なりますが、全集各巻に示された作品タイトル数が合計二百弱ですから、全体の三分の一強です。意外に少ない感じでしょうか。

本著における藤沢作品の配列は、おおよそ市井物短編、武家物短編、長編の順、その上で発表年代順にしてありますが、ジャンルや年代の違いにかかわらず、それらの末尾文を一覧するだけで、共通する藤沢らしさが読み取れます。一つめは、どの一文もけっして長くはないこと、二つめは、自然ではなく人物の描写がほとんどであること、そして三つめは、直前の何らかの発言あるいは述懐を受けたものが多いこと、です。

末尾文は、冒頭からの文脈があり、その全体を背負っての一文ですから、作品の出来を左右すると言っても過言ではありません。しかも、末尾文一文で最後の一段落を成すとすれば、それはまさに作品にあるいは読み手にとどめを刺す一文です。

一文でとどめを刺された時に感じるのは、その鮮やかな幕切れ感と印象に残る読後感です。はたして、藤沢は剣に劣らぬ筆のさばきで、作品にあるいは読み手にどんなふうにとどめを刺すのか。本著は、お節介にも、それを嬉々として紹介しようとするものです。

目次

おしのの、短い旅は終っていた。（暗い縄）

のっけから恐縮ですが、この末尾文、あるいは無いほうがよかったかもしれません。その前で、物語そのものとしては完結しているからです。この一文が作品末尾に据えられたことにより、描かれた一連の出来事が、おしのにとって、まさに「短い旅」であったと位置付けられることを説明してしまうのです。

「旅」という言葉は、直前までの文脈からは、宗次郎という男との出奔を意味しています。ところが、そのつもりで家を出てまもなく邪魔が入って、おしのは一人取り残されてしまいます。おしのにとっては、それゆえの「短い」旅なのでした。

文字どおりの意味での「旅」は、かつては危険を伴うのが当たり前でした。「可愛い子には旅をさせよ」という諺も、もともとは旅という苦労を言うものです。それをふまえて、人生を旅にたとえることは、今でもごく普通に行われています。それは、普通の生活にはない、非日常的な、危険な体験のことになります。

婚家を追い出されて半年、実家のかつての使用人の息子・宗次郎との出会いが、おしのの「旅」の始まりでした。宗次郎は殺人の濡れ衣を着せられ、逃げ回っていましたが、こっそりと江戸に舞い戻り、たまたまおしのを見掛けて声を掛けてきたのです。

その後、事情を知ったおしのは、宗次郎のことが気掛かりとなり、のみならず、元夫の薄情を思うにつけ、宗次郎への思いを募らせることになります。挙句には、危険を伴う宗次郎と生きることが、自らの運命だったようにさえ思い込んでしまいます。

取りつかれたようなおしのを、一時の激情に身を任せてしまった、愚かな女性と言うのは、簡単です。しかし、もはやこれからの生き方を自分で選ぶことが許されない立場に追い込まれた時、あっさり人生を諦めてしまえるものでしょうか。

そのすべてが終わりを告げた後に、あえて無くもがなの一文を末尾に添えずにはいられなかったのは、それからのおしのに、「旅」ではない、平凡でありながらも幸せな暮らしが待っていることを願う気持が藤沢の中にあったからのように思われます。

疲れてかすんだ眼をこすり、清次は再び鑿をとり上げると、音をしのばせて危険な文字を彫り続けた。

（闇の梯子）

「闇の梯子」というタイトルが採られた個所が、この末尾文の直前の段落に、次のようにあります。そこには、この作品の主題が比喩的に明らかにされています。

鑿をとり上げて、清次はふとその手を休め、薄暗い羽目板のあたりに茫然と視線を漂わせた。日の射さない闇に、地上から垂れ下る細く長い梯子があった。梯子の下は闇に包まれて何も見えない。その梯子を降りかけている自分の姿が見えた。兄の弥之助が降りて行き、酉蔵が降りて行った梯子を。

しごく真っ当な彫師であった清次が、癌で余命いくばくもない妻・おたみの治療代を稼ぐために、やむなく禁制本の仕事に手を出してしまいます。おたみを見殺しにはできないという、ただその一心が、「闇の梯子」を降りることを決意させたのです。

この作品全体が、見事、とつい言いたくなるくらいの、救いようのなさに満ちています。

久しぶりに会った兄・弥之助の優しい心遣いや、「蝶や」というなじみの飲み屋のおかみ・お恵のいたわり、面変わりしてしまった、おたみの「あどけない微笑み」など、清次の心を癒す人々はいても、どの関係においても明るいきざしが見えることはありません。

全集第一巻の「解説」(向井敏)には、「背に負った悲運をだれに訴えることもできずに闇のなかに消えていく彼らの胸中の暗澹をくっきりと浮びあがらせた」とあり、それが「作者自身の「鬱屈」を投影するにも、よりふさわしい器とみなしたせい」とあります。しかし、「胸中の暗澹」であれ「鬱屈」であれ、そのようなものに読み手が惹かれるとは思えません。

末尾文が描き出している清次の姿から痛いほどに感じられるのは、ありきたりの倫理を犯すことになったとしても、愛する人のために、逃げることなく、とりあえず今を必死になって生きるさまです。「胸中の暗澹」がどれほど深かろうとも、それ自体のありようが問題なのではなく、その絶望のギリギリのところで、決して自分のためではなく、なお生きようとする、名もない人々の尊さと愛おしさをこそ描きたかったのではないでしょうか。

お吉はつぶやいたが、不意に自分も掌で顔を覆った。（父《ちゃん》と呼べ）

お吉がつぶやいた言葉は、直前にある「ほんとにばかばかしいよ」です。「ばかばかしい」のは、夫の徳五郎に頼まれて、繰り返し徳五郎を「父《ちゃん》」と呼んだことです。徳五郎はその都度、「おう」と返事をしては涙をこぼすのでした。

二人暮らしの中年夫婦の、このやりとりだけを見るならば、たしかに「ばかばかしい」としか言いようがありません。しかし、単なる戯れに興じたわけではありません。そうするしかなくなった二人の心境とこれからのことを思うと、切なさが募ります。

一人息子の徳治がグレて家を出てしまった夫婦二人のところに、寅太という無口な男の子が登場します。徳五郎が酔った帰りに、拾ってきたのです。その父親は物取りにしくじって捕らえられ、島流しとなり、母親は家を出たきりです。自分の所で面倒を見るしかないと思って、一緒に暮らすうちに、お互い情が通うようになっていきます。しかし、長くは続きませんでした。やがて実の母親が引き取りに来て、寅太を強引に連れ去ってしまいます。

その出来事以前のことです。不始末をしでかして追われる身となり、家に逃げ帰った徳治をかばおうとして、徳五郎は殴る蹴るの暴行を受けます。その後の意識朦朧とした中で、「父《ちゃん》、しっかりしとくれよ」という、泣きながらの呼び声を耳にします。それを徳五郎は子供の頃の徳治の声と聞き間違えるのですが、じつは寅太が初めて発した言葉でした。

「行っちまいやがった。徳の野郎も、坊主も。俺は婆アと二人っきりだ」とボヤきながら、また二人だけの暮らしに戻ってしまった徳五郎は、へべれけに酔うしかありませんでした。そして酔った勢いで、お吉に、「一ぺん父《ちゃん》と呼んでみろ。寅太みてえによ」と頼むのでした。

「ちゃん」という、ぬくもりの籠った呼び掛けの言葉を、徳五郎がどれほど待ち望んだことか。お吉もまた、そういう関係の夫と息子がそばにいることをどれほど待ち望んだことか。「ほんとにばかばかしいよ」と自分を泣き笑いしながら、お吉は徳五郎とともに、より募る二人っきりの淋しさに耐えるしかなかったのでした。

薄闇の中にいる男とは、遠い昔に別れていたのだ、とも思った。（旅の誘《いざな》い）

「薄闇の中にいる男」は、版元の保永堂の主人、「思った」のは、浮世絵師の広重です。「遠い昔に別れていた」というのは、「保永堂は今日、埋もれた絵師を見出した伯楽としてではなく、儲けに眼を血走らせた商人としてこの家に現れた」ことと結び付きます。

広重に風景画の才能を見出し、「東海道五十三次」の絵を描かせたのは、保永堂でした。その絵が世の評判となり、広重の名が一気に広まることになりました。そこまでは、まさに二人三脚の関係であり、広重にとって保永堂はその道の恩人でした。

ところが、儲かるにつれ、保永堂は、手段としてのみ扱うようになった、と広重は感じ始めたのです。それは、新たな風景画シリーズを、英泉という別の絵師に頼んでおきながら、仕上がりが遅く、しかも売れ行きの捗々しくないことを理由に、その後釜に据えようとしに来たからでした。本当に風景画の才能を買っているのなら、まっさきに自分のところに頼みに来るはずではないかと、広重が思ったとしても、無理はありません。

作品タイトルの「旅の誘《いざな》い」とは、保永堂が提案した、その仕事のための取材旅行です。辿るのは木曽街道です。広重は、自己確認あるいは自己発見のための旅としてなら、その提案を受けてもよいと思います。かつての東海道の旅が、両親を失った「傷を癒すことはせず、かえって鋭い痛みを誘ったが、その痛みは真直ぐ絵に向かった」ように。

これはつまり、保永堂に保永堂の儲けの思惑があるならば、こちらにも、あくまでもこちらの目的を遂げるためにと、ビジネスライクに割り切ることを意味します。武士の身分を捨て、絵師となったものの、鳴かず飛ばずの生活を余儀なくされてきた広重でしたが、この割り切りによって、ようやく本物のプロの絵師として生きて行くことになったのです。

事件らしい事件が描かれることのない、この作品はもっぱら、そこに至るまでの広重の心の動きを中心として展開しています。そして、その挙句の思いを示すのが、末尾文です。「遠い昔に別れていたのだ」という広重の思いには、割り切ってしまうことの、避けがたい、深くて重い孤独が感じられます。

その鳥たちのしあわせに、微かな妬ましさを感じながら、茂左衛門はお楽がいる部屋に戻るため、ゆっくり廊下を踏んだ。（霜の朝）

末尾文冒頭の「鳥たち」というのは、比喩です。

直前の段落に、「黄金の籠に、茂左衛門は彼等を飼おうとしたが、彼等はそれを拒んだだけでなく、籠など初めからありはしないことを茂左衛門に告げて、飛び去った鳥のようだった」とあります。「彼等」とは、茂左衛門が商売のために密偵として使っていた宗助と、行方を晦ませたお里という女中のことです。茂左衛門は、宗助にお里の探索を命じていたのですが、なかなか見つかったという報告がないことから、じつは二人が出来ているのではないかと察します。

しかし、この二人のことが物語の中心ではありません。「奈良茂」と称される豪商となった茂左門と他の豪商たちとの、仕事や遊びでの競い合い・張り合いのエピソードの数々がメインです。

そして、汚い手を使ってでも競り勝ってきて、いつか老いの身を迎えた茂左衛門の感慨は索漠としたものでしかありませんでした。敗れ去った者たちを懐かしく思いながらも、今なお戦の場から降りることができないでいる自分を憐れむ気持ちもありました。

その対極に、宗助とお里のような存在があります。世間から隠れるようにしてつましく暮らしているであろう二人に、「微かな妬ましさ」を感じたのも、そのせいです。「黄金の籠」に入れるとは、金で縛り付けて自分の思いどおりにしようということです。実際に、商売であれ吉原遊びであれ、ふんだんに金を使っては周りを意のままに操ってきたのでした。にもかかわらず、それが通用しない世界があることを、自らの元を去って行く二人によって思い知らされたのです。裏切られたと言ってもよいでしょう。

しかし、それは身に応える寒さの「霜の朝」に、ふと抱いてしまった、束の間の感傷にすぎません。茂左衛門はおそらく死ぬまで、熾烈な戦の場から離れることはないでしょう。添い寝をさせるためだけに飼っている、若いお楽の部屋にゆっくりと戻る時にはもう、商売の次の一手を考え始めていたに違いありません。

屋根を叩いていた時雨は、遠く去ったらしく、夜の静けさが家のまわりを取り巻いている気配がした。
（時雨のあと）

藤沢作品に描かれる情景は、単なる情景ではありません。そこにはつねに、その時の人々のありようが映し出されています。それは、藤沢作品では珍しく末尾文に置かれたこの情景描写にも、もちろん当てはまります。

「屋根を叩いていた時雨」は、安蔵とみゆきという兄弟の人生そのものです。幼くして親を失い、兄は怪我をして以来まともな職に就けず、妹は女郎に身を落とします。さらに、兄は博打にはまってしまい、妹に金をせびるばかりです。ここまでは、どこにも救いの道がありません。そして、その後に訪れた「夜の静けさ」は、二人の今後の平穏な暮らしを暗示するように受け取れます。あるいは、一時だけのことになるのかもしれませんが。

その日、激しい雨に打たれながら、みゆきは兄を探し求め、兄の仕事の面倒を見てくれていた金五郎の家に辿り着いたとたん、高熱のせいで意識を失ってしまいます。兄の嘘が分かり、みゆきはそれを確かめるために探し回っていたのです。その後、兄の安蔵も、金策のために妹の店を訪ねたところを金五郎に見つかり、連れ帰られました。

金五郎から、「どうだ、一からやり直す気があるか」と聞かれ、安蔵は「必ず、やってみまさ、親分」と答えます。小さい頃から、兄を信じて疑うことを知らなかった妹のことを思い出しながら、「出直せないじゃや、みゆきに済まねえ」と思う心からです。

その時の安蔵の気持に、決して嘘はないでしょう。しかし、「みゆきに済まねえ」という気持そのものは前々からあったはずです。だからこそ、堅い居職の修行をしているという嘘をつき、みゆきに夢を抱かせ続けてきたのです。その一方で、博打が面白くなって止められなくなったというのも、紛れもない事実です。

みゆきは騙され続けてきたことを知ってもなお、怒りもせず、それどころか、「かわいそうな、兄ちゃん」と思って、すべてを許してしまう妹です。逆説めいて身も蓋もないようですが、このような妹を最後の拠り所として持つ兄は、はたして本当に更生できるものでしょうか。

耳に轟いて、題目の声が続いていた。　（穴熊）

この末尾文の「題目の声」とは、ご命講の日に宗徒が寺に集まって一斉に唱える「南無妙法蓮華経」の声です。境内には屋台が立ち並び、大層な人込みです。その中に紛れ込んだ浅次郎は、お弓の姿を目にします。職人のような若い男と一緒でした。

お弓は、浅次郎が働いていた経師屋の娘で、二人は好き合っていました。ところが、ある日突然、店の家族が夜逃げしてしまったのです。働き場を失った浅次郎は、その後、博打暮らしをしながら、何も言わずに去ってしまったお弓を当てもなく探し続けていました。

と書くと、この作品は、お弓を見つけるまでの物語のように思われそうですが、じつはそうではありません。もっと言えば、別の物語のきっかけにはなっていても、脇筋にもなっていません。物語の中心は、塚本伊織と佐江という若い武家夫婦です。

子供が喘息のために薬代がかさみ、佐江はやむなく売春に走ります。浅次郎はたまたまお弓に似ていると言われ、佐江を買うのですが、その素姓に不審を抱きます。その後、事情を突き止めた浅次郎は、夫の伊織に、ある賭場での「穴熊」といういかさまを暴いて、相当の金をせしめる話を持ち掛けます。それが首尾よく終わり、一安心と思ったところで、意外な事実を知ることになります。佐江が子供の快復後もなお売春を続けていたのでした。

その真相を確かめるために、浅次郎はふたたび佐江を抱くのですが、佐江はその帰り道で、夫に斬り殺されます。伊織は、妻がもはや淫売婦の身体になっていたことに気付いてしまったのです。殺した妻を抱えて去る伊織の姿を、「浅次郎は放心したように見送った」のでした。そうして、一転して、最後のご命講の賑わいの場面になります。

なぜそもそも、浅次郎がその武家夫婦を助けようとしたのか。佐江の面影がお弓に似ていたからというだけでは説明しきれません。一時の気まぐれにしては、危なすぎる橋でした。それに、浅次郎が手を出さなければ、伊織が妻を殺さなくても済んでいたかもしれないのです。もしかしたら、それもこれも、見えない誰かの、「穴熊」という、人生のいかさまに踊らされたのでしょうか。浅次郎の耳に轟く題目の声は、その愚かしさをはやしたてているように聞こえてきます。

耳を聾するばかりの時の声の中で、直太も寝たまま首をもたげ、眼を瞠り、喉も裂けよと、「エ、エ、エイー」と叫び続けていた。（石を抱く）

末尾文は、牢内で毎朝、役人巡回の際に、収監者が一斉に挙げる、鬨《とき》の声を表していま す。直太は、石抱きという牢問を受けて半死の状態になっていますが、まだ白状していま せん。「喉も裂けよと、「エ、エ、エイー」と叫び続け」たのは、たとえ死ぬことになって も真相は打ち明けないという覚悟を奮い立たせるためだったのでしょう。

直太は、半年前から太物を商う石見屋に奉公に入り働いていましたが、ひょんなことか ら、その主人の後妻に入った若いお仲とわりない仲となります。そして、お仲の弟の菊次 郎が金をせびりに来てはお仲を困らせているのを知って、それを止めさせようと出向いた ところ、直太の助っ人に来た昔の仲間が逆に殺されてしまいます。菊次郎はその後、お仲 から三十両を奪い、遁走します。その両方の罪の疑いで、直太は捕らえられたのでした。

直太は自分のことを、「ほんとのところは腐っていた」、「堅気の世界に引き返すことなど出来るもんかと思って」いました。それというのも、以前は賭場に出入りをしたり、ある男を半殺しの目に遭わせたりしてきたからです。神妙な顔をして、今の仕事に務めながらも、心の底にはそんな捨て鉢な気持がつねに重く澱んでいました。

それでも、あるいは、それだからこそ、お仲にだけは「一種の崇拝」があり、お仲を抱く時には「何かに奉仕しているような喜びを感じる」のでした。牢問の責め苦を受ける時も、思い浮かぶのはお仲のことであり、「お仲は依然として、生死の境い目で直太と固くつながれていた」のでした。

おそらく直太はそのまま牢死することになるでしょう。結局、菊次郎をかばったことになるのも、お仲に累が及ばないようにするためでした。しかし、それでお仲が幸せでいられるかと言えば、むしろ逆になるような気がします。

こんな直太の自己犠牲を、自己陶酔とは言いたくありません。石を抱いているような、捨て鉢な心に奉仕の喜びが与えられただけでも、直太の短い一生は幸せ、と思ってあげたいものです。

達平は、まだ頭が痛かった。（拐《かどわか》し）

藤沢はなぜ、どのようにして、この作品を着想したのでしょうか。

これまで見て来た作品とは完全に趣が異なり、最後に読み手は唖然とさせられます。末尾文の「達平は、まだ頭が痛かった」理由が、それまでとは変わってしまうのです。

タイトルの「拐《かどわか》し」とは、誘拐のことです。実際に、達平は、嫁入り前の一人娘・お高を又次郎という男に誘拐され、五日に一度ずつ小金を渡していました。達平は錺《かざり》師で、生活は決して豊かではなく、毎回その金を工面するだけで、十分に頭が痛いことでした。

いつになったら娘を返すのか分からない状況に、婚約者の勝蔵がじれて、又次郎の住処を探ろうとしますが、気付かれてしまい、袋叩きの目に遭います。その騒ぎを取り囲む野次馬の中に、勝蔵はありえない人物を目にします。監禁されているはずのお高でした。

翌日、達平が又次郎の家を探し当て、中を覗いて目を疑います。娘が又次郎とごく普通に食事をとっていたのです。決死の覚悟で向かった達平でしたが、又次郎はお高を持て余すようになっていて、連れ帰るように言われる始末です。こうなると、そもそもが誘拐ではなく、男ぶりのいい又次郎にお高が勝手について行ってしまったのではないかと思えるほどです。帰ろうと思えば、いつでも帰れる状態にあったのですから。

風采のあがらない勝蔵との結婚を前にして、お高には気の迷いがあったせいかもしれません。しかし、そういう気配はまったく描かれず、達平から見れば、「お高がどこかふてぶてしくなったような気がしてならない」と記されるのみです。男手一つで育てた娘ですが、男親には年頃の女の気持は到底、計りようがないのでした。ただ、死んだ妻に似てきたと思い返すしかありません。

末尾文の直前は、「しかし勝蔵にはどう言ったものだろう」です。誘拐の顚末を勝蔵に話すことを、お高はけろりとして父親に押し付けてしまったのでした。結局また、頭を痛めるのは達平一人です。この、苦笑いするしかないような結末は、藤沢作品の、他とは異なる、新しい境地が示されているように思われます。

橋の方から駆けてくるおようを指さしながら、おすまはそう言った。（閉ざされた口）

およう は、おすまの娘で、ある時からまったくしゃべらなくなり、家で一人遊びをするだけになっていました。そのきっかけとなった出来事が、物語の冒頭に示されます。そこでは、おようはただ「子供」と表現され、それが誰かはまだ分かりません。

冒頭の出来事とは殺人事件でした。それを間近で目撃すれば、恐怖のあまり、口がきけなくなるのも無理ありません。それでなくても、内気な子供でしたから。夫を労咳で失い、夜の仕事に出るようになったおすまは、お荷物でしかなくなった、そんな娘を抱え、「あたしほど、不幸な女はいない」と嘆くばかりでした。

おすまは、金のために男と寝るようになっていましたが、もしかしたら世間並の幸せを与えてくれるかもしれない男との出会いを求めていました。しかし、裏切られることの繰り返しのところに現れたのが、優しげな清兵衛でした。

その清兵衛に、自分の妾にならないかと誘われ、心が動きます。そして用意された家に、おようとともに出向いた折、清兵衛がおように、「さ、おとうちゃんと言ってみなさい。おじさんでもいいよ。おじさんと言ってみな、え？」と呼びかけます。およう が喋れないことを聞いていたにもかかわらず、清兵衛はなぜか執拗にそれを求めたのです。

その時です。およう が「いや」と声を発し、続けて「このおじさん、おじいちゃんを刀で突いて、血を出したからいや」と叫んだのでした。それで、すべての真相が一気に明らかになりました。清兵衛が、物語冒頭の殺人事件の犯人だったのです。

その後、おすまは「およう が、まともな子供に戻ってくれただけで、しあわせだと思わなくちゃ」と思えるようになります。およう の心の傷がすっかり癒えたかどうかは分かりませんが。

末尾文の直前、吉蔵という堅気の男から縒りを戻さないかと言われたのに対して、おすまは「あたしはいいわ。あの子が、いやと言わなければ」と答えたのでした。「いや」という一言が、この作品では、ぞっとするほどの重い意味を持っています。さて、およう は今度は何と言うのでしょうか。

幸吉はぐいぐいと櫓を漕ぎながら罵った。（三年目）

全集でわずか四ページほどの短い作品ですが、十分に読み応えがあります。

末尾文の幸吉は、おはるの幼なじみで、馬方をしています。幸吉はおはるに求婚しているのですが、おはるは拒み続けています。それは、三年で迎えに来ると約束した旅の男を待っていたからです。

おはるが十七歳の時でした。江戸へ向かうその男が腹を病み、おはるの住む地に三日三晩過ごした時に知り合ったのです。その男に、「火に焼かれたように心を掻きみだすもの」を感じたおはるは、約束の日を待ち続けていました。

その日、夜まで待っていましたが、男の来る気配はなく、諦めかけていたところに、「どうにか、間に合ったようだね」と言って、その男は現れたのでした。ところが、もう三年待ってくれと言われ、さすがのおはるも、「はい」という返事が出来ませんでした。

それはそうでしょう。何の当てもない、これまでの三年間でさえ長すぎたのです。しかも、すぐ近くに結婚を求める男もいたのです。事情を知る周りから「変わり者」と見られても、不思議ではありません。

しかし。一晩、考えて、誘われもしなかったのに、おはるはその男と江戸に行くことを決意します。「これがあたしの運命なのだ」と思って。そして、早出した男に追い付くために、幸吉に頼んで、船で送ってもらうことにします。

末尾文の直前で、幸吉はおはるを罵ります、「お前は、ばかだ」と。それでも、頼まれると断れないのは、惚れた弱みでしょうか。呆れて、おはるを見捨ててもよかったはずですから。力任せに船を漕ぐのは、決しておはるのためではなく、そうやって自らの遣り場のない怒りを紛らわすしかなかったからでしょう。

その後、おはるが幸せになる保証はまったくありません。そして、幸吉は約束もないのに、そんなおはるが戻ってくるのをじっと待つのかもしれません。二人を衝き動かしているのは、ただ若さだけです。それが無性にすがすがしく感じられます。

まだ立って、こちらを見送っている茂太の眼を背に感じながら、みさは水たまりにふみこまないようにうつむいて歩きつづけた。（春の雪）

「女って、不思議だな」という作次郎の呟きが、この作品の主題かもしれません。

みさと茂太と作次郎の三人は、同じ材木屋に勤めていました。みさは女中頭、作次郎は手代候補と、ともに有能な奉公人でしたが、茂太は年数がもっとも長いにもかかわらず、人足同然の扱いで、職場では「のろ」と呼ばれていました。

女が惚れるとしたら、当然、茂太ではなく作次郎のほうでしょう。みさと作次郎も、口には出さないものの、一緒になるつもりでしたし、周りからもそう噂されていました。しかし、物語の最後は、やはりと言うべきか、そうはなりません。

ダメになった直接のきっかけは、みさが茂太に抱かれたことでした。男にからまれたみさを、茂太が命懸けでかばおうとして大怪我をしてしまいます。その時、茂太がずっと自分を好いていたのを知り、みさは「茂ちゃんのお嫁になる気はないけど、でも作次郎さんよりは、茂ちゃんの方が好きよ」と言って、一度だけ身を任せたのです。これは、決して恩返しなどという義理がらみの気持からではないでしょう。

それを聞き知り、みさに事実を確かめた作次郎の呟きが、「女って、不思議だな」でした。そう思うのもしごくもっともなことです。よりによって、風采であれ能力であれ、自分よりもはるかに劣る、しかも自分が何かと面倒を見てきた「のろ」な男と寝てしまったのですから。作次郎のプライドは、ものの見事に崩れてしまったのでした。

作次郎がその後、店をいきなり辞めて博打に走った、本当の理由は分かりません。茂太は同じ店で働き続けていますが、見違えるほどに仕事が出来るようになるとも思えません。男たちの今後には明るい何かがありそうもないのです。

みさも、仕事のかたわら父の介護をしていましたが、それがどれだけ続くのか、見通しは立っていません。それでも、末尾文に「水たまりにふみこまないようにうつむいて歩きつづけた」とあるように、女は振り返ることなく、足元をしっかりと見つめて、自分の人生を歩み続けるのでしょう。

囁いて、おまちが後からそっと幸吉の肩を抱いた。（裏切り）

おまちが囁いたのは、「男と女って、いろいろなことがあるのよ」でした。

これだけならば、ごくごく陳腐な科白で、男女関係のどんなことにも当てはまってしまいそうです。しかし、この作品での、おまちの科白は、幸吉のこれまでに対する慰めであるとともに、これからへの予告にもなっているのです。

幸吉の妻・おつやは、まじめだけが取り柄の女でした。水茶屋で昼働きをしていましたが、夫には内緒で時々、休みを取っていました。じつは、男と逢引きしていたのです。幸吉はおつやが殺されて、初めてその事実を知りました。幸吉にとっては、まさにありえない裏切りです。それでも、男に騙されるか脅されるかして、やむをえずだったのだろうと思い込もうとしました。しかし、裏切りはそれだけではなかったのです。

殺した相手の男を探しますが、手掛かりさえつかめない状況が続きます。それが、ひょんなことを思い出したとたん、思い当たったのでした。今も付き合いのある、幼なじみの長次郎です。遊び暮らしている男ですが、幸吉は嫌いではありませんでした。ただ、結婚してからは、おつやが毛嫌いをするので、付き合いを控えるようになっていました。

幸吉が長次郎を問い詰めると、「おれがたらしこんだんじゃない。あの人が誘ったんだ」という、驚くべき答えが返ってきました。それを聞いて、おつやが長次郎を毛嫌いしていたのは、じつは「亭主よりもうまが合う男に出会ってしまった」ことを、必死に隠すためだったのだと、幸吉は思い至ったのです。これこそが「裏切り」の核心でした。

たしかに、男と女には、いろいろなことがあるものですが、殺されなければ、幸吉の知らないまま、まだ密会は続いていたかもしれないと思うと、一つのケリが付けられたとも言えます。幸吉の親方の娘・おまちもまた、病気で婚家から実家に戻ったのをしおに、離縁というケリを付けたのでした。幸吉とおまちの二人はもともとほのかに好き合っていた間柄でした。

そして、予告です。「後からそっと幸吉の肩を抱いた」おまちは、バツイチ同士の新たな始まりがあることを、幸吉に伝えようとしたのではないでしょうか。

空になった茶碗を、掌の中でもてあそびながら、信蔵はそう思い、若いころにあった、醜悪でそのくせ光かがやくようでもあった思い出が、少しずつ遠ざかるのを感じていた。

（暗い渦）

信蔵が「そう思」ったというのは、以前に付き合っていた「おゆうはおゆうで、何とか辻つまを合わせて生きて行くだろう」ということでした。その文脈も含め、藤沢作品としては、末尾の一文一段落が長い部類に入ります。「醜悪でそのくせ光かがやくようでもあった思い出」という表現を、どうしても入れておきたかったからではないでしょうか。

八年前、信蔵がまだ二十二歳で、筆屋の暖簾分けをしてもらえることになり、父親同士が口約束をしていた、おゆうとの結婚を現実的に考えるようになっていました。何せ若かったので、肉欲の高ぶりも抑えることができなくなっていました。

しかし、言を左右にして、その誘いになかなか乗ろうとしないおゆうへの腹立ちから、おゆうの友達のおぎんを抱いてしまいました。その報いのように、おぎんが妊娠したことを告げに来ました。その時の信蔵は、おゆうを裏切ったことで、「自分がまがまがしく黒い運命の手に、がっしりと鷲づかみにつかまれてしまったことを感じた」のでした。

ところが、やむなくおぎんと結婚したところ、意外にもおぎんは巧みに家政を切り盛りし、そのおかげもあって、信蔵の仕事が軌道に乗ってきました。それが、信蔵が思う自分の人生における「辻つま」合わせでした。それに対し、おゆうはなかなか縁談がまとまらず、今は酒乱の大工と一緒になり子供を抱えて、うらぶれた長屋で暮らしています。

信蔵にとって、「醜悪でそのくせ光かがやくようでもあった思い出」というのは、今の落ち着いた暮らしがあればこそです。おゆうの現在を不幸と見て、それを自分のせいかと思うのも同じです。かりに信蔵がおゆうと一緒になっていたとしても、うまくいったかどうかは誰にも分かりません。

若い頃の飽くなき欲望は「醜悪」でもあり、「光かがやく」ものでもあります。その対象の一つにおゆうがあったことも、信蔵の「辻つま」合わせという踏ん切りによって、ようやく遠い思い出でしかなくなったのでした。

暗く長い廊下を歩きながら、おつえは夫に何かやさしい言葉をかけてやりたい気持になっている。（歳月）

この一文は、これまでおつえが夫の芳次郎にやさしい言葉を掛けることがなかったという現実を物語っています。夫婦仲はすでに冷え切っていて、ただ商売と世間体のためだけに一緒に暮らしてきたにすぎません。それが、家業が傾いたことがきっかけとなり、すっかり意気地をなくしてしまった夫に哀れみを感じるようになったのです。

きっかけは、もう一つありました。信助との再会です。

二人は互いに思い合っていましたが、おつえは実家の義理ある店の主人に見初められ、嫁入りすることになり、それっきりになりました。夫となった、主人の息子の芳次郎はすでに妾を囲っていて、夫婦というのは形ばかりであり、まともに向き合うことがありませんでした。

そんなある日、かつてのおつえと信助との関わりを知らない異母妹のさちが、実家を出て、信助と一緒になったのです。すでに子供も出来ていました。それから三年後、家業が傾いた時になってようやく、おつえは二人の住まいを訪ねてみたのです。

おつえの店の事情を知っていた信助が、「こうなるとわかってたら、あのとき……」と言い出したのを、おつえは「それを言っちゃやだめ、信助さん」と遮ります。信助の気持が今も変わっていないことを知って、むしろおつえが思ったのは、「過ぎた歳月は、もう取り返すことが出来ない」のであり、「あのひととのことが終ったということかも知れない」という現実でした。

「あのとき」に続けて、信助は何が言いたかったのか。かりに「一緒になっていればよかった」だったとしても、実際には到底、叶わないことでした。二人ともそれが分かっていたからこそ、大切な思い出として胸に秘め、それを生きる支えともして、お互い何も言わずに過ごしてきたのです。

二人とも、今はもう目の前の現実に正面から向き合い、生きてゆくしかありません。夫への「やさしい言葉」は、おつえにとって、その第一歩なのでした。

「そうそ、あれが運の尽きだった」
と言ったが、参次郎は懐かしいむかしの仲間が、以前よりおしなべて人相が悪くなっているように思え、少しとまどいながら、釜の方にむかっておれにもお茶をくれないかと言った。

（運の尽き）

「運の尽き」という言葉は普通、悪い意味で使われるのであって、参次郎が吐いたのも、まさにその意味においてです。しかし、それは「むかしの仲間」という、ちょい悪の仲間にとっては、ということであり、「たらしの参次も、あれが運の尽きだったな、かわいそうに」と言う、その仲間の言葉に合わせたにすぎません。

「あれ」というのは、参次郎が米屋の一人娘・おつぎをひっかけたことです。「一人娘ってえのはやばいからな。一ぺんこっきりでおさらばしたさ」とうそぶいていた参次郎でしたが、今回はそれでは済みませんでした。その後、「ひげづらの雲つくような大男」の父親・利右衛門が参次郎の前に姿を見せ、有無を言わせることなく、自分の家に連れ帰ってしまったのです。

それからは、米屋での肉体労働に酷使されるばかりとなりました。監視の目が厳しくて、逃げても、すぐに捕まって引き戻される始末です。そうして二年が経つうちに、参次郎も一人前に米屋の仕事が出来るようになっていました。それでも、嫌々という気持がなくなったわけではなく、「十人並みにやっと」という器量のおつぎにあらためて惹かれる気持にもなれませんでした。

ある日、久しぶりに話をしたおつぎに、そんな心根を見透かされ、愛想尽かしをされた時、初めて参次郎は今の暮らしの充実を思い知らされたのでした。かつて仲間とつるんで女を追い駆けては遊び暮らしていた頃には知りえなかった充実でした。おそらく、ほとんど強制される形によってしか、参次郎が生き直すことは難しかったに違いありません。

むかしの仲間が懐かしくなって、久しぶりに溜まり場の水茶屋に訪ねて来たのも、参次郎にとっては、もう「むかし」でしかなくなったからでしょう。最後に所望したお茶の味も、むかしの仲間が飲むのとは比べようもなく、甘露だったはずです。

暗い空に、まだ雨の気配が動いているのを感じながら、新右衛門は身ぶるいをこらえながら歩きつづけた。
（時雨みち）

新右衛門が身ぶるいしそうになったのは、時雨のもたらす寒さのせいだけではありません。「すべてがやり直しのきかないところに来ていた。そのままで行くところまで行くしかない歳になっていた」という感慨のもたらす孤独感と罪悪感のせいでもありました。

老いの身になれば、誰でもそういう感慨を抱きがちになるものかもしれませんが、新右衛門はまだ四十代であり、太物卸の機屋を引き継ぎ、バリバリ仕事をしているにもかかわらず、なのです。ふとそんな気になったのは、かつての奉公人仲間だった市助のせいであり、市助から聞いたおひさという女の話のせいでした。

奉公人だった頃、新右衛門は女中のおひさと好き合う仲であり、いつしかおひさは身籠っていました。折も折、新右衛門は機屋の主人に見込まれ、婿入りすることになると、因果を含めておひさを捨てたのでした。そのおひさが今は、裾継ぎの女郎をしているという話を市助から聞かされます。市助はそれをネタに新右衛門をゆすろうとしたのですが、新右衛門は相手にしませんでした。それでも、「若いころは、さほど心が痛まなかったことが、いまになって身もだえするほどに心を責めて来る」のでした。

たまらず、おひさに会いに行きます。そして、抱こうともせずに、二十両の金を渡そうとする新右衛門に、おひさは「二度と顔を見せないでおくれ」とはねつけてしまいます。翌日、今度は五十両を持って出直すのですが、おひさはもう店から姿を消していました。

ともかく金でケリを付けようとするのは、商人根性が染みついてしまっていたからでしょう。とはいえ、それ以外に新右衛門には償うすべがなかったのも事実です。今さら縒りを戻す歳でもなく、おひさは醜く変わり果ててしまっていました。おひさにとっては、いっそまったく無視されていたほうが、気楽だったのかもしれません。

今の家では、女房も娘も「みんなばらばらに生きて」いると思い、「あのとき、おひさと一緒になっていたら」と思うのは、男の安っぽい感傷でしかありません。そんな男には、ずっと身ぶるいをこらえながら生き続けさせようとするのが、末尾文です。

そうかね、と新助は答えた。　（幼い声）

新助の幼なじみで、今は岡っ引きになっている富次郎の「一人で困るようだったら、少しぐれえ相談に乗ってやろうかと思ったのに、ばかな女だ」という呟きに応じたのが、「そうかね」でした。この「そうかね」は、決して相手に同意したのではなく、疑問あるいは反問の意を呈するものでした。

男を刺して牢に入った、同じく幼なじみのおきみの出所を出迎えた後のことです。おきみは二人に愛想もなく礼を言うと、そのまま立ち去ったのでした。富次郎は憤慨しましたが、新助は別のことを考えていました。「男たちの同情をあてにして生きているような、やわな女ではない」と。

奉公に出た後、新助がおきみのことを思い出すことはほとんどありませんでした。ただ覚えているのは、新助が一人遊びをしていると、おきみは黙ってそばにいて、帰り際に「新ちゃん、またね」と幼い声で挨拶することだけでした。そういうおとなしかった女の子が男を刺したことを富次郎から聞き、新助は気になったのです。

新助が母親の所に話を聞きに行くと、おきみの人生は転がり落ちて行くようなものでした。それにショックを受けた新助は、おきみを弄んだ男に殴りかかったり、入牢中のおきみに差し入れをしたりします。しかし、それはあくまでも、自分の人生に影響が及ばない範囲でしかないことを、新助は承知していました。

新助は櫛職人としての腕を認められ、独立もまもなくであり、親方の娘のおゆうとの結婚も約束されていました。その幸せのすべてを犠牲にしてまで、おきみに尽くそうという考えははなからありませんでした。にもかかわらず、いや、だからこそ、ただ見過ごしてしまうことがやりきれなかったのです。

毅然として立ち去ったおきみの後姿から、新助が感じ取ったのは、他人にかまっている場合ではないだろうという戒めだったのではないでしょうか。おきみがそうだったように、想定外の不幸はいつだって誰にだって起こりうるのですから。

大またに歩いて行くおとくのあとから、仙吉は呼びかけながら、よたよたと走ってついて行った。
（おとくの神）

おとくと仙吉は、いわゆる蚤の夫婦です。仙吉が色白で細身なのに対して、おとくは真っ黒に日焼けした大女です。「仙吉はまことに仕事の腰が落ち着かない男」でしたから、おとくが日雇いの力仕事をして、暮らしを立てていました。家事ももちろんおとく任せであり、夫婦喧嘩になって泣くのもおとくでした。それでも、おとくは、仙吉をありがたく思い、幸せを感じていたのです。

「人なみに誰かの嫁になるなどということはとっくにあきらめていた」おとくに、「おれはおめえのようなでかい女が好きさ」と言って、付き合ってくれた初めての男が仙吉でした。そして、約束どおりに結婚もしてくれました。そのことさえ思えば、おとくは「暮らしの辛さも亭主の無法」もこらえることができたのです。

そんな仙吉が突然、家に帰って来なくなりました。知り合った髪結いの女・お七の家に居続けだったのです。お七はおとくに比べれば、見た目もごく普通の、しっかり者の女です。そのお七から、ずっと一緒に暮らすならけじめを付けるように言われ、家に戻ります。そして、一方的におとくに離縁を告げ、家を出ようとすると、「ここは、あんたの家なんだから、あたしが出て行くよ」と言って、おとくのほうが先に出てしまいます。

その時になって初めて、仙吉は自分の思い違いに気付かされます。要するに、何だかんだ言っても、仙吉はおとくに甘えていたのでした。もしお七に追い出されるようなことになっても、おとくが待っていてくれると。そのおとくが家を出てしまったら、仙吉にはもう最後に頼るところ、戻るところがなくなってしまうのです。

本当に取り返しが付かなくなると思って、仙吉が慌てておとくの後を追い駆ける様子を描くのが、末尾文です。「大またに歩いて行くおとく」と「よたよたと走ってついて行く仙吉。この対比は、そのまま二人の生き方の対比でもあります。そして、そういう二人だからこそ、蚤の夫婦としてそれなりに幸せに暮らせたのでした。はたして元の鞘に収まることが出来るでしょうか。

おのぶは、近ごろめっきり白くなった髪を櫛で掻き上げると、静かに熱いお茶をすすった。

（夜消える）

おのぶは、四十代前半です。周りからは、十近くも若く見られることを、ひそかな喜びにしていました。それが、「近ごろめっきり白くなった髪」なのは、心労のせいです。夫の兼七が失踪して三年が経ちますが、いまだに行方が知れないのです。いつ帰って来るのか、はたして帰ってくるのか、不安な思いのまま、日々を過ごしてきました。

兼七は雪駄職人でしたが、三十過ぎから酒に溺れるようになってしまいました。なぜそうなったのか、仕事のせいとも家族のせいとも書かれていません。とにかく「急に変わった」のです。そうするうちに、酒の合間に仕事をするほどになり、その仕事も手が震えて満足に出来ないまでになっていました。もはや廃人同様のありさまです。

それでも、おのぶは兼七を見捨てることなく、面倒を見てきました。夫婦関係も絶えていましたが、年下の手代・友蔵から大人の誘いを受けても、「あたしはそんな女と違いますから」ときっぱりと断ります。ただ、娘のおきみは違いました。結婚を約束した大工の新吉に、父親のことを話せないでいたのです。正体が知れたら、その話がなくなってしまうのではないかと恐れていました。

そして、実際にそうなりそうなことが起きてしまいました。兼七が酒代欲しさに、おきみの勤め先に顔を出してしまったのです。おきみは泣きながら家に戻り、「おとっつぁんなんか、死んでくれればいいんだわ」と叫びます。その直後でした、兼七がぷっつりと姿を消したのは。そのことを、おきみが新七にどのように説明したか分かりませんが、一年後に二人は所帯を持ち、幸せに暮らしています。

母親としては、もちろん娘の今の幸せを喜んでいるのですが、「気持の中に一点おきみを憎む気配が影を落とすこともたしか」なのでした。おのぶには、娘があの叫び声さえあげなければ、という思いが拭いきれません。どのみち、兼七が死ぬのは時間の問題でしたが、自ら姿を消すことが、父親としての、最後で唯一の娘への思い遣りでした。

しかし、おのぶは決してそれを口にはせず、「静かに熱いお茶をすす」るだけでした。

そのままおいしは凝然と立っていたが、清次郎が立ち上がって手をのばすと、呪縛を解かれたひとのように、ゆっくりと歩み寄って来た。（冬の日）

こういう作品に藤沢の真骨頂が表れているのではないかと思える末尾文です。「出来ればずっと、いっちゃんさえよかったら、一生手伝ってもらいたいんだよ。おれも一人じゃ心細いもんでね」と誘う清次郎への、おいしの無言の答えが、この一文です。それぞれに傷を負って生きてきた男女二人がようやくふたたび巡り逢い、これから文字どおり手に手を取り合って生きてゆこうとする姿が、テレビドラマのスローモーションで流れるラストシーンのように描かれています。それだけで、読み手は胸が熱くなるのではないでしょうか。

子供の頃、おいしは雪駄問屋の一人娘だったのに対し、清次郎は母親と二人の裏店住まいで、時々、その問屋の雑用をして駄賃をもらっていました。雑用の中には、おいしを母親の実家まで送り迎えする用事も入っていました。二人は、その程度の関わりでしかなく、清次郎が奉公に出ると、その縁さえもまったく切れた状態で、二人はいつか三十を過ぎた歳になっていました。

その間、二人にはそれぞれに良い時期もありましたが、それぞれに落ちる所まで落ちる経験をしていました。おいしは岡場所に売られたことがあり、清次郎は傷害の罪で牢暮らしをしたことがあるのです。その後も二人の苦労が絶えることはないものの、何とか生き延びてきました。そして、たまたま仕事帰りに清次郎が初めて立ち寄った小さい飲み屋で働いていた女がおいしでした。

それにしても、清次郎は、なぜおいしと一緒に生きてゆこうと思ったのでしょうか。単に幼なじみだからということでも、見た目に惚れたからということでもなさそうなのです。おそらくは、自分の人生の一番の恥をさらし合えたから、そしてそれを受け入れ合えたからではないでしょうか。

「世間を見る眼も女を見る眼も塩辛くなってい」た清次郎だからこそ、今のおいしとなら、人生の底から這い上がる苦労をした者同士という確信があったのでした。

みじめだったが、そのみじめさがいまの自分に一番似合っていると新之助は思いながら、人通りもとだえた黒江町の町通りを虫のようにのろのろと歩いて行った。
(苦い再会)

末尾文にある「虫のように」という比喩は、その歩くさまをたとえているとしたら、ちょっと変だと思いませんか。どんな虫かにもよりますが、虫は「のろのろと」歩くものでしょうか。この比喩はむしろ、虫けらのようにちっぽけな人間をたとえていると思われます。それはもちろん、「みじめさがいまの自分に一番似合っている」と思う新之助です。

おこまが病気になって岡場所から戻って来たという話を聞いて、新之助は早速訪ねて行きます。のう何年も前、厄介になっていた叔父夫婦の借金を返すために、おこまが岡場所に売られることになった時、惚れていたにもかかわらず、何もしてやれなかったことの詫びを言いたいというのが口実でした。

会うと、おこまはいきなり、悪い男と手を切るために、三十両を貸してほしいと、頼みます。新之助は即答を避けて考えた末、翌日、五両だけを渡そうとしました。それを見て、おこまは「あんまり考えてたとおりになったんでびっくりしちゃったな」と反応します。おこまは、新之助の本気度を試したのでした。

　新之助はあくまでも「商人らしく先を読む」つもりになっていました。そこには、取引相手とみなすおこまを、「病身の、岡場所の女郎上がり」と見くびる気持も潜んでいました。すでに結婚もし、傘問屋の主人に収まっている身ですから、おこまを遊び相手以上に考えることはありえなかったのです。

　おこまの中には、新之助の万に一つの純な気持の可能性に期待を掛ける思いもあったかもしれません。しかし、もうそんなウブではありません。むしろ予想どおりの結果に、ホッとしたのではないでしょうか。

　収まらないのは、新之助です。所詮、その程度の男でしかないことを、これ以上はないくらいにさらしてしまったのですから。いっそ虫になりきって生きるのが、お似合いというものです。

お茶漬けに気をそそられて上がりこんだ男が、不思議そうに言った。（初つばめ）

「上がりこんだ男」は、滝蔵という、なみの幼なじみです。なみの弟の友吉に頼まれて、わざわざ仕事帰りに様子を見に来てくれたのです。

その日、友吉は結婚する相手を連れて、姉の所に挨拶に来ました。しかし、相手が太物屋の娘で、弟がそこに婿入りすると知ったなみは、酒を飲んで悪態をつき、早々に二人を帰してしまいました。友吉が滝蔵に頼んだのは、ヤケになった姉の身を案じてのことです。

親を早くに失い、姉弟の二人っきりで苦労して生きてきたのですから、願ってもない結婚話に、姉としては喜ぶべきなのですが、一人取り残されることになる淋しさは、いかんともしがたいものでした。なみは思います、「つまらないね、生きるってことは。あんないやな思いまでして身を売って、お金を稼いで、それがみんなパーだ、とどのつまりは何の役にも立ちはしなかった」と。

そんな、すさみきった気持でいるところに訪ねて来たのが、滝蔵でした。滝蔵は若い頃、岡場所にいたなみを身請けして所帯を持ちたいと言っていましたが、当時は叶わぬ夢でしかありませんでした。その後、滝蔵は一人前の大工となり、妻は亡くしたものの、二人の子持ちになっています。いっぽう、なみは、親代わりのつもりで、友吉が一本立ちするまではと思い、今も独身で働いていて、もう三十四歳になるのでした。

初つばめを見ると、「何かいいことがある」という俗信があるのでしょうか。なみは帰宅途中で何年かぶりに見たつばめに、そう思います。幸せになる弟を迎えるための早帰りでしたから、気持も弾んでいたのでしょう。

しかし、その「いいこと」は弟の結婚ではありませんでした。滝蔵の顔を見た時、「今度は、あんたが自分のしあわせを考える番だ。いい男を見つけな」と、同じ店に働くしまに、背中を押されたことをふと思い出し、もしかしてこの人がそうなのかと思ったとたん、なみは、何を今さらと思って、笑いをこらえられませんでした。

末尾文で、滝蔵が「不思議そうに言った」のは、「何を笑ってんだい」です。なみがそんなことを考えているとは、夢にも思わなかったでしょう。

これでほんとにおしまいかと疑いながら、喜左衛門はまさを掻き抱き、額に汗をうかべたままじっと闇を見つめている。（遠ざかる声）

この末尾文だけを読むと、「これでほんとにおしまいかと疑」うのは、まさを掻き抱くことのように思われますが、じつは違います。疑ったのは、若くして亡くなった、喜左衛門の妻・おはつの声に対してです。いわゆる霊界通信ですが、それによって、この作品のリアリティが少しも損なわれないのが、不思議と言えば不思議です。藤沢の表現力のなせるわざとしか言いようがありません。

古着の行商から始まって、今では太物屋の店を構えるまでになった喜左衛門は、跡を継がせる子供もいないことから、そろそろ後添いをと考えているのですが、なぜか一つも話がまとまりません。

それは、死んでも焼き餅焼きのおはつのせいでした。相手の夢枕に立ったり、喜左衛門だけに聞こえる声で意見したりするのです。見た目が気に入って、今度こそはと思った女・

おもんにも、「悪い女だからね。よく調べるといいよ」と注文を付けます。

喜左衛門は無視して事を進めようとしますが、どうしてもその妻の言葉が気になって調べさせてみると、案の定、かなりタチの悪い男が付いていたのでした。かろうじて難を逃れた喜左衛門は、さすがに「女子はもう懲り懲りだ」と思ってしまいます。そこにまた聞こえてきた声が勧めたのが、店で働くまさでした。

まさは、子連れの寡婦で、「鼻は上を向き目は軽いやぶにらみ、その上口まで大きいという三拍子そろった醜婦」でした。仕事はよく出来るのですが、喜左衛門にとっては、当然のように問題外の存在でした。「おまささんなら、あたいは不服はないよ」という声に、「よけいなお世話だよ」と反発したものの、結局はそういうことになりました。

末尾文は、無事に祝言が終わって初めて床入りした時のことです。いざ事に及ばんとした時に、喜左衛門の耳だけに、おはつの「爆発する笑い声が聞こえ」てきたのです。これからもずっとそんなふうに監視されるかと思えば、たまったものではありません。

喜左衛門がいったいどうなったら、おはつは成仏してくれるのでしょうか。

立ったままで栄之助が女を抱くと、部屋のなかにいる猫が小さく鳴いた。（猫）

「本所しぐれ町物語」と名付けられたシリーズ中の一編ですが、猫によほどこだわりがあったらしく、タイトルとしてもその後に、「ふたたび猫」「みたび猫」「おしまいの猫」と続き、シリーズ十二編のうち四編に登場しています。どの猫も、「玉」という三毛猫で、それぞれの作品の最後の場面に登場しますが、末尾の一文で一段落になっているのは、この最初の作品だけです。それだけ、この猫が謎めいた存在として印象付けられます。

栄之助は紅屋という小間物屋の息子で、おりつという嫁も子供もいるのですが、女遊びを続けていて、そのたびにおりつは実家に戻ります。その日も、おりつの実家に「恥をしのんで詫びに行った」のですが、軽くあしらわれてしまい、栄之助はおもしろくありません。

帰り道で「足にからまって来たものを、腹立ちまぎれに勢いよく蹴とばした」ら、それは猫でした。それでも逃げずに、まだ近くにいた猫を招き寄せて、もう一度蹴とばそうとしたところに、猫の名を呼びながら近づいて来る女性がいました。その声で、前々から目を付けていたおもんだと気付くと、栄之助は無理やり猫をつかまえて、おもんと話すきっかけを作ります。

おもんは正体不明の職人のめかけで、「近づくには危険な女」と分かっていましたが、腹立ちまぎれの勢いでした。すると早速に、おもんに甘い誘いを掛けられたのでした。

さっきまでとは一転して、浮き浮きした気分で家に帰ると、待っていたのは父親の説教でした。周りがあまりにもうるさいのに嫌気がさし、「こっちにも覚悟があるよ」と思って、栄之助が家を出て向かったのは、罠のようなおもんの住まいです。栄之助の予想どおりのおもんの歓迎に応えながら、このまま「さかさまに地獄に落ちて行くような、嗜虐的な快感に身をまかせた」のでした。

そこで、末尾文のように、「猫が小さく鳴いた」のです。それは、投げやりな気持の栄之助に、やがて本当の不運が襲うことになることを知らせる警告の声でした。

千吉はいっぱしの大人の気分で言った。（春の雲）

千吉は、桶屋の住み込みの奉公人で、十五歳。奉公してまだ三年で、見習い程度の仕事しか出来ません。藪入りになっても、里が遠いので、奉公先に留まっていると、親方のお供を命じられ、帰りに仕事場近くの亀屋という一膳めし屋で夕飯をご馳走になります。

その店には、千吉が好ましく思う、二つ上の女の子がいました。おつぎです。店に行くと、いつしか言葉を交わすようになっていました。しかし、それだけのことです。親方にも「女の子に気をとられるには、まだちっと早えわな」と釘を刺されます。

桶屋の繁忙期だけ来てもらう職人として、新たに佐之助という「背がすらりとした男前の職人」が来ました。その佐之助に昼めしを誘われると、千吉はおつぎのいる店に案内します。その時、おつぎは佐之助に目を付けられてしまいました。

それからは一人でおつぎの店に行くようになった佐之助に、千吉は腹を立てます。「やり方がきたねえよな」と「いっぱしの若者のように」呟いてみるのですが、それ以上のことが出来るわけでもありません。奉公仲間の源次から、佐之助が「これまで何人も女を泣かせているらしい」という噂話を聞いても、「男が女を不しあわせにする感じだけがぼんやりとわかった」程度でした。ただ、おつぎのことが案じられてなりません。

そうこうしているうちに、おつぎが突然、店を辞めたことを知ります。てっきり佐之助の家にいると思った千吉は、仕事帰りの佐之助の後を付けますが、見つかって袋叩きにされてしまいます。そしてそのまま、おつぎの消息は分からなくなります。

ところが、それから一ケ月後、源次に誘われて店に行くと、おつぎが戻っていました。以前と変わりない様子なのか、なぜ戻ったのかは、記されていません。源次が佐之助と千吉の一件をおつぎに話したのは、おつぎが店に戻って来てからのことのようです。

おつぎが「千ちゃん、ごめんね」と謝ったのに対する千吉の反応が、末尾文です。千吉が言ったのは、「それで、あいつとはもう切れたのかい」です。そんな科白を口にする「いっぱしの大人の気分」になれたのは、はじめて女のせいで心身ともに痛い思いをしたからでした。

凝然と見送っている歌麿の眼に、妙源寺の塀の上から路に突き出した桜の枝から、数片の花弁が男に背負われた棺に落ちかかるのが見えた。
（さくら花散る）

「喜多川歌麿女絵草紙」シリーズの第一編。このシリーズは六編から成りますが、うち四編が末尾文一文で最後の一段落、残り二編も短い二文で一段落です。他のシリーズ物とは異なり、作品の終わり方にある程度の統一性が意識されたのかもしれません。

「さくら花散る」というタイトルは、末尾文に示された場面から採られたのでしょう。棺に納まっているのは、歌麿が美人絵のモデルにしていたおこんという女の夫で、労咳で若くして亡くなったのでした。夫は妻の絵が完成するのを楽しみにしていたのですが、ついに日の目を見ることがありませんでした。「さくら花散る」という表現には、その夫のことも絵のことも含まれていると考えられます。

歌麿が美人絵のモデルに選ぶのは、単なる美人ではありません。「なんかわたしには見えないものを隠しているような女」です。水茶屋で働くおこんは、歌麿のそのような眼鏡にかなった女でした。彼女の下絵を描き始めた頃は、水茶屋から見える桜はまだ小さく硬い蕾の状態でしたが、おこんも同様に見えていました。

その後、おこんのことをいろいろと知るようになるにつけ、絵が捗らなくなってしまいます。「初めて見た頃、おこんは陽気で、屈託なく笑う女だった。次には、貧しく、手癖が悪い小娘に変った。そしていまおこんは亭主持ちだという」ことで、歌麿の気持が混乱してしまったせいです。そんな怪しい女だからこそ、絵のモデルにしたのではないかと思うのですが。

注文に間に合わせるため、やむなく、モデルをくめ次という芸者に切り替えることにしたものの、おこんのことを引きずったままでいた歌麿は、意を決して様子を見に行きます。そこで、おこんの夫の葬列にでくわしたのです。

おこんは、「先生に、絵を描いてもらいたかった。でも、もうおしまいね」と告げます。その言葉に歌麿は何の返事も出来ず、見守るしかありませんでした。それは、おこんが歌麿の手に余る女だったことを認めざるをえなかったということでした。

道は諏訪町を通りすぎるところで、水科屋に入る露地のあるあたりに、人が群れているのが遠くに見えてきた。
（蜩の朝）

女絵草紙シリーズの三編めが「蜩の朝」です。蜩と言えば、晩夏。この作品に登場する女はお糸で、「お糸が身にまとっているものの憂げな雰囲気は、歌麿が考えていた晩夏の女にぴったり」でした。お糸を描き始めたのは、蜩が盛んに鳴く頃でした。

末尾文にある「水科屋」は茶屋で、お糸が歌麿に黙って勤めを変えた先でした。そこで、蜩の季節が終わる頃、お糸は男に刺され、腹と顔に大きな傷を受けます。もう、とても絵のモデルにはなりそうもありません。知らせを聞いて、歌麿が現場に向かう途中で耳にしたのが、たった一匹の蜩の声で、「その蜩にも、死ぬなと歌麿は祈った」のでした。

その後に来るのが、末尾文です。藤沢作品に珍しく、情景描写で終わっています。「人が集まっている」のは、犯行現場に野次馬が押し寄せたからです。今さら歌麿が駆けつけたところで、お糸に対して何も出来ることはありません。絵もまだ下絵の段階でした。

悪い男がいて、見つかったら殺されると、お糸は極度に恐れていました。勤め先を代えたのも、そのせいでした。いつしか歌麿のモデルになっていることが知られてしまっていたのです。モデルが恐れをあらわにした表情をしていては、良い絵は描けません。歌麿は絵のためにも、お糸を守ろうとしますが、結局は甲斐がありませんでした。

その男はお糸の夫でした。しかも、悪事には一通り手を出してきたという「したたかな悪党」でした。そのことをお糸は決して打ち明けようとはしませんでしたが、歌麿が惹かれた「もの憂げな雰囲気」というのは、いつかは必ず夫に殺されるという恐怖からにじみ出ていたものだったのです。知らず、そういう女に惹かれてしまう歌麿には、絵描きの業のようなものが感じられます。

「さくら花散る」のおこんとは違って、お糸は絵の完成を望んでいたようには見えません。歌麿に下絵を見せられても、もの憂げな表情を変えることはありませんでした。そのように恐れていたことが実現してしまった時、お糸は、あるいはホッとしたかもしれません。しかし、歌麿にとってはまた一人魅力的なモデルを失うことになったのでした。

苦い気持で、歌麿は燃えるような鱗雲を眺め続けていた。（赤い鱗雲）

女絵草紙シリーズの四編め。「赤い鱗雲」というタイトル、「燃えるような鱗雲」という末尾文の表現は、作品最後に歌麿が見た情景です。その「鱗雲」の様子は、歌麿の中にある、「卑劣で、無駄」な嫉妬心のありようそのものです。

モデル探しのために町中をぶらついていた歌麿が目にしたのは、茶店で一人泣いていたお品でした。後に分かることですが、「ひと眼で歌麿が惹かれたのは」、きれいなだけではなく、「亭主を亡くした悲しみと、とり残された孤独といったものが、お品の美しさを薄い光沢で包んで」いるところに色気を感じたからでした。

何とか住まいを見つけ出し、絵のモデルを引き受けてもらいます。ところが、途中からお品が「すっかり変ってしまった」ことに気付きます。「もの悲しいいろ」が消え、「生ぐさい生気」が感じられるようになってしまったのです。お品に言い寄る年若い男が現れたせいでした。こうなっては、歌麿のイメージする女絵は描けません。

歌麿は、知り合いの岡っ引き・辰次から、その男が押し込みの賊らしいので捜査に協力してほしいと頼まれます。最初は絵の完成を理由に断りますが、そのうちに気が変わり、お品が男と会うという情報を流してしまいます。歌麿の気が変わったのは、男に対する嫉妬心からでした。その結果、男は捕らえられます。

その後、お品の仕事帰りを待っていた歌麿に、「知っていらしたんでしょ、先生」と言った時のお品は「空虚な表情」をするばかりで、「泣きも笑いもせず」、「憎悪の色」も見せませんでした。その表情は、歌麿が最初に惹かれた「もの悲しいいろ」とは、まったく違うものになってしまっていました。つまり、歌麿の嫉妬心が、絵のモデルも、お品その人も失わせたということです。

怠惰ゆえに、女との深い付き合いを避けようとしがちな歌麿だったのですが、絵描きとして、あるいは男として、女に対する尽きない好奇心が、時に禍々しい「赤い鱗雲」のような嫉妬心に変じ、取り返しのつかない仇となったのでした。

眼をあげると、おさとの後ろ姿が、影のように薄れて霧に消えるところだった。
（霧にひとり）

女絵草紙シリーズの五編め。このシリーズは、最後の場面の情景描写からタイトルが採られている点が共通していますが、この作品は、おさとという絵のモデルが、歌麿がとくに心惹かれた女というわけでもなく、また絵は一応完成したという点で、他の作品とは異なっています。

ただし、その絵は版元に渡ることはなく、最後におさとに会った後、小さく裂いて捨てたのでした。それは、「おさとに言った教訓じみた言葉と同様に、少女めいたおさとを描きとめただけのその絵が滑稽なものに思われた」からでした。

おさとは、歌麿なじみの料理茶屋の新入りでした。武家奉公から移ってきた娘で、歌麿には「利発でおとなしそうな」生娘としか見えませんでしたが、そのくせ盃のあけっぷりのよさに、妙な女くささを感じて、絵のモデルを頼んだのでした。

じつは、おさとは、前の奉公先だった古賀家の主・庄左衛門という四十男と出来ていました。歌麿はまさかという思いでいたものの、栄次郎という商家の若旦那からの縁談を「虫がすかない」というだけの理由でおさとが断ったあたりから、疑い始めます。

そして、最後は庄左衛門との心中未遂です。庄左衛門は死に、おさとは手首を切ったものの死にきれず、極秘に親元に帰されたのでした。

生き残ったおさとを慰め励ますために、歌麿は親元に出向きますが、言葉少なのやりとりで終わります。その時、「歌麿は、おさとが一人の女として、古賀を愛したことを悟った」のでした。作品途中で、自分の女弟子の千代を見るにつけ、「女はわからない」ということを、四十を過ぎてあらためて思うようになっていた歌麿でしたが、このおさとについても、まったく同じ感慨があったことでしょう。

やがて、末尾文のように、「影のように薄れて霧に消える」のは、おさと一人ではなく、老いの身に近づいた歌麿の側にいた女すべてになりそうです。

日がさらに高くのぼり、誰もいない土蔵裏を白日が照らしたとき、そこにはむき出しに、異様な狼藉が行われた痕があらわれた。（朝顔）

「江戸おんな絵姿十二景」というシリーズの一編で、その単行本「あとがき」には、「一枚の絵から主題を得て、ごく短い一話をつくり上げるといった趣向の企画」で、「若干の遊びごころと、小説家としてこの小さい器にどのような中味を盛ることが出来るか、力倆を試されるような軽い緊張感が同居している」と記されています。当然ながら、「朝顔」という作品は、朝顔が描かれた浮世絵が元になっていたはずであり、そこには、楚々と、あるいは色とりどりに咲く様子が描かれていたと想像されます。

ところが、末尾文を読む限りでは、そんな朝顔のイメージとは結び付きようがありません。そこが、藤沢の「力倆」の、まさに示しどころとなります。「異様な狼藉」とは、折角、朝顔を丹精して育て楽しんでいたのに、「ひとつも残さず花をちぎり捨て」たことを表しています。もちろん、そうするだけの理由があったのでした。

畳表問屋の主の忠兵衛の妻・おうのは四十に手が届く歳ですが、子供は出来ず、外歩きも苦手なので、もっぱら家でのんびり暮らしていました。

そんなある日、忠兵衛が「取引き先にわけてもらったと言って」、おうのに朝顔の種子を渡します。季節になると、おうのはその朝顔を育てることを思い立ち、そのための竹垣を土蔵裏に沿って作ってもらいます。やがて竹垣いっぱいに咲き誇った朝顔の花を、「おうのは満足して眺めて」いました。

しかし、ひょんなことから、その朝顔の種が忠兵衛の妾宅で採れたものであることを知ります。夫が四年前から妾を囲っていることに気付いてはいましたが、おうのは「ひとことでも非難めいた口をきいたこと」はありません。しかし、だからといって、何も感じていなかったわけではないでしょう。ただ、何事もないように取り繕っていただけです。

それが一気に爆発した結果が、末尾文です。妾宅での二人の朝の様子を想像した時、急に「朝顔は毒毒しい精気に溢れた花」のように見えてきたのです。そして、いつもはおっとりと微笑しているおうのが、一転して阿修羅の一面を垣間見せたのでした。

佐之助が言うと、おくみはええと言い、佐之助の手を押さえて、重い乳房を押しつけてきた。（ちぎれた鎖）

「闇の歯車」は一つの長編（量的には中編）小説ですが、「誘う男」「酒亭おかめ」「押し込み」「ちぎれた鎖」という四つの章名が付けられ、それぞれのまとまりがあります。ここで取り上げるのは、最終章の末尾文ですから、この章のみならず、「闇の歯車」という作品全体のしめくくりにもなっていると言えます。ちなみに、それ以前の章の末尾文は、「誘う男」では会話文、「酒亭おかめ」では地の文、「押し込み」では会話文で、表現形式が交互に入れ替わるパターンになっています。

この末尾文の直前には、「もう、どこにも行くな」という、佐之助がおくみに言った言葉があります。一度は黙って佐之助の元から姿を晦ましたおくみがなぜか戻って来たのでした。それは、押し込みを働いた仲間の中で、佐之助一人だけが難を逃れて家に帰り着いた時のことでした。他の四人は、それぞれの事情により、死を含め、もはや自由の身ではなくなってしまいました。金を受け取ることもできずに。

メンバーのつながりは、酒亭おかめに酒を飲みに来るという一点だけで、お互い話をしたこともありません。それぞれに、どうしようもない屈託を抱えながら、一人酒を飲む常連でした。そこに目を付けたのが、同じ手口で過去に四回も押し込みに成功し、捕まることがなかった伊兵衛という男でした。各自の屈託の原因の一つには金がないことがありましたから、全員が伊兵衛の甘い誘いに乗り、「闇の歯車」が回り始めたのです。

そして、押し込み自体は伊兵衛の目論見どおり、ほぼ成功したにもかかわらず、伊之助以外、元の普通の生活に戻ることはありませんでした。伊兵衛をはじめ、束の間の夢を抱いたものの、それぞれが年貢の納め時だったということかもしれません。

残された伊之助も一人ぼっちだったなら、どのみち同じ運命だったでしょう。しかし、そこにおくみが待っていたのでした。おくみの乳房に触れながら、「このあたたか味を頼りに、生きるのだ」と思う伊之助の姿には、この作品の唯一の救いがあります。

背に悲しみを見せたその後姿が遠ざかるのを、明舜は従者に促されるまで、茫然と見送った。　（荒れ野）

この作品が、「黒塚」の鬼婆の伝承をふまえたものであるのは明らかです。問われるのは、それを藤沢がいかに改変し、どんな新たなものを表現しようとしたかにあります。

明舜は、「京のさる寺で修行中」でしたが、「師の僧が八坂に囲っていた女と通じたのが露見し、師の僧と昵懇の」、「陸奥国新田郡の小松寺」の住持に預けられることになり、そこに向かう途中でした。

なぜ、その女と通じるようになってしまったかの委細は、まったく記されていません。単に若さゆえの煩悩の赴くままだったのかもしれません。師に厄介払いされると、それが「犯した罪業から救われる、ただひとつの道だ」と思って、旅立ったのでした。しかし、行き暮れたところを助けてくれた若い百姓女に、またも溺れてしまうことになります。「これに比べたら八坂の女など、女ではなかったと思うほど、女は奥深い悦楽を与える身体と、疲れを知らない淫性をあわせて持っていた」からでした。

しばらくして、たまたま出会った武士に鬼婆の話を聞いた明舜は、その女が、まさに人肉を食らう鬼婆だったと思い込みます。そして、機会を見て女の家から抜け出し、「年老いた鬼女」の正体をさらした女が追いかけて来るのを見て、明舜は死ぬ思いで逃げ切ろうします。そこで、また行き合った同じ武士に、そのことを伝えると、武士は「鬼とは思えぬがの。あれは百姓女ではないか」と不審そうな声で答えるのでした。

はたして、真相はどうなのでしょうか。古い伝承は、鬼婆の存在を認めることで成り立っていますが、藤沢作品はその存在が明舜の勝手な思い込みによるのではないかという疑いを示しています。しかも、その男が修行中の僧であるにもかかわらず、です。それが、藤沢が問うてみせた伝承解釈でした。

末尾文の「背に悲しみを見せた後姿」のように、その女を見てしまう明舜には、未練こそあれ、そこから救いに導かれるような悟りがあったとは、とても思えません。

力ない日暮れの光に照らされて歩いて行くサチは、憂いを抱く若い鬼の女房のように、可憐にみえる。　（鬼）

タイトルの「鬼」は、十八歳になるサチのことです。その顔の描写は、次のように、そこまで言うか、と思うほどに容赦ありません。

サチは不器量である。並はずれて不器量だと言ってよい。（略）髪はちぢれた赤毛で、鼻はちんまりとかわいいが、唇はそり返ったように大きい。円い眼をし、眉毛が黒黒と太く眼にかぶさっていている。この円い眼に太い眉が迫っているあたりが、鬼を連想させるのである。

当然のように、嫁の貰い手もなく、近寄る男さえいません。そこに、手傷を負った武士・榎並新三郎が現れ、サチが匿うことになります。新三郎は百姓一揆を唆した罪で藩から追われる身でした。サチはその立場に同情し、親に内緒でかいがいしく面倒を見ます。やがて当然のように、新三郎に抱かれることになり、その刹那、「サチは幻のように、男鬼に抱かれた、ももいろの肌をした女鬼をみた」のでした。

しばらくして、執拗な追手の捜索が収まりかけると、新三郎はすぐさま立ち去ろうとします。サチは必死になって引き留めますが、聞く耳を持ちません。思い余ったサチが取った行動は、城に密告することでした。

サチの思惑どおり捕らえられた新三郎の姿を、物陰から見ていたサチは、「どこかに行かれるよりは、死んでもらった方がいい」と自分に言い聞かせるのでした。そうして、最後にサチが思ったのは「おら、やっぱり鬼だど」でした。

どのみち二人が添い遂げられるとは、サチも考えていなかったはずです。しかし、死罪が免れない新三郎のことを思い遣って今のサチに出来ることは、自分も深い淵に身を投げることしかありませんでした。

その死地へと歩みを進めるサチの様子を描いたのが、末尾文です。サチが「可憐にみえ」たのは、初めて身を委ねた男に殉じようとしているからでしょうが、それをあくまでも「鬼の女房」とするあたり、なかなかに厳しいものがあります。

もう一人の失踪人、丑太の兄安五郎がどうなったかは、記録にない。（二人の失踪人）

末尾文最後の「記録にない」という表現からは、この作品がある記録に基づいて書かれたことを示しています。おそらくは事実と思われる、時代、場所、登場人物、事情などの詳細な記述は、そのことを裏付けているようです。また、末尾文からは、丑太と安五郎が兄弟であり、弟の丑太のほうがどうなったかは分かっていることが知れます。

父親の死の五年後、まず弟の丑太が突然、黙って家を出、その後「丑太を探しに行くと言って」、兄の安五郎も家を出たのでした。じつは、父親の孫之丞を殺した、自称・仙台浪人の村上源之進に仇討ちをするためでした。弟に先を越されてしまった兄は立場上、留まっているわけにはいかなかったのでしょう。

二人から何の連絡もないまま、二年が過ぎた頃、一通の手紙が届きました。丑太が仇討ちを果たし、ある藩にその身を預けられているという内容でした。それから、諸々の手続きを経て、丑太は無事に郷里に戻り、「父親の敵を討ち、もてはやされて武家身分」となったのでした。

　仇討ちというのは、もっぱら武士階級にのみ認められた私的な処罰でした。しかも、それが果たせないと、家名を存続できないというペナルティもありました。それに対して、武士階級以外には許されず、行えば処罰の対象となりえました。ただ、孝子の行いとして大目に見られるだけでなく、むしろ賞め称えられることもありました。

　丑太は、南部藩の武士ではなく、百姓の息子でした。百姓の息子が浪人とはいえ武士に仇討ちをするというのは、きわめて珍しいことです。それでも、もう江戸時代も末期の天宝年間、武士の気風も失せつつある頃でしたから、百姓の仇討ちを義挙としようとする空気が強く、許されるのみならず武家に取り立てられることにもなったのです。

　藤沢はそのことに惹かれたのでしょう。末尾の一文が付加されたのは、事実としてそのとおりのことを示したかったのではなく、弟に先を越され仇討ちをしそこなった兄は単なる失踪人にすぎず、もはや郷里には戻れないという、弟との運命の明暗を物語るためと考えられます。

登は日が射しはじめた橋をはなれて、町の方にゆっくりと歩いた。（雨上がり）

「雨上がり」という作品は、「獄医立花登手控え」という副題の付いたシリーズの『春秋の檻』『風雪の檻』『愛憎の檻』『人間の檻』という四部作の第一部『春秋の檻』の冒頭作品です。このシリーズは全部で二十四編から成ります。

主人公の登は、羽後亀田藩の「微禄の家士」の次男坊でしたが、医学を志し、同じ道を歩んだ叔父の小牧玄庵に憧れて、江戸に出て来ました。しかし叔父は、出世もできず、繁盛もしていない医者で、家計と酒代のために、小伝馬町の獄医も掛け持ちしていました。登は張り切って上京したのですが、幸か不幸か、待ってましたとばかりに、叔父一家にこき使われるハメとなりました。獄医の仕事もその一つです。

その仕事は、相役と二人で朝晩、牢屋を見回り、必要に応じて診察したり投薬したりするだけで、それ以外はいたって暇です。その時間に医学の勉強をと考えていた登でしたが、囚人の頼み事を聞いては、事件に巻き込まれることになります。その事件の「手控え」の一つひとつがこのシリーズの物語となっています。

その最初の事件は、勝蔵という島送りにされることになっていた囚人からの依頼に始まります。博打仲間だった伊八郎から金を受け取り、結婚の約束をしていたおみつに渡してほしいということでした。まだ怖い物知らずで、世事に疎い登は、情にほだされて引き受けてしまいますが、事はそう簡単ではありませんでした。

勝蔵は伊八郎たちにハメられたのでした。おみつもその一味で、もともと伊八郎の女でした。そのことを知った登は勝蔵にそのまま伝えることができず、ただ伊八郎からもぎ取った金を、おみつに渡したことのみを知らせました。「でも勝ちゃんとは、本気で所帯を持つつもりでした」というおみつの言葉を信じてあげたかったのです。

末尾文の直前に、「男女の仲のことは、登にはまだわからなかった」とあります。勝蔵を乗せた島送り船を見送った後、登が「ゆっくり歩いた」のは、獄医の仕事を通じて、人並み以上に広く深い世間を否応なく知るようになることに思い及んでのことでしょう。

暑い日が水の上にきらめいている割下水そばの道を、おもととおみよの姿が小さく遠ざかって行くのを、登はいつまでも見送った。

（善人長屋）

タイトルになった「善人長屋」とは、「こんな気のいい連中が集まったもんだ」と思われたことからの通称です。しかし、その長屋の呼び方には、「どこかうさんくさいひびき」があることを、登も感じていました。

牢屋の見回りをするたびに、「あっしは無実なんだ。助けておくんなせえ」と繰り返し叫ぶ囚人・吉兵衛のことが気になった登は、周りの忠告を無視して、いろいろと調べ始めます。その言葉をそのまま信じたわけではありませんが、その訴えの執拗さに疑問を抱き、裁きがついた一件だったにもかかわらず、つい首を突っ込んでしまったのでした。

吉兵衛が住んでいたのが善人長屋で、そこで盲目の娘・おみよが、近所の助けを受けながら、一人で吉兵衛の帰りを待っていました。懇意の岡っ引きに長屋の住人のことを探ってもらうと、「まっさらの善人」はほとんどいないことが明らかになりました。だからこそ、それを隠すために、善人ぶりを周りにひけらかさなければならなかったのです。

最後に明かされた真相は、吉兵衛も含め、関係者すべてが悪人であり、吉兵衛が捕らえられた事件も、その仲間割れから起こったものでした。吉兵衛は、その事件に関してはたしかに無実でしたが、元をただせば盗賊だったのです。一人娘もじつの娘ではなく、別件で島送りになった仲間の娘で、いわば人質として生かしておいたにすぎません。

結果的に、登の抱いた疑問は、未解決だった、より大きな事件の解決に貢献することになりました。しかし登としては、吉兵衛に裏切られ続けたわけですから、自らのあまりの人の好さに、心中はさぞ複雑だったことでしょう。その中で唯一の例外は、何も知らず何も見えないおみよで、登は、おみよが「決してしあわせとは言えないことが、不当なものにおもえて仕方なかった」のでした。

末尾文からは、そんなおみよを、ただ遠くから見送ることしかできない自分のふがいなさをかみしめている登の姿が浮かんできます。

「おとなしくしてればいいのに」
と登も言ったが、馬六の気持も幾分かはわかるような気がした。

（待ち伏せ）

「獄医立花登手控え」シリーズ最後の『人間の檻』所収の一編。登も、獄医の仕事も事件捜査もだいぶ板に付き、叔父宅での待遇も良くなるにつれ、ただ扱いが荒いとしか思えなかった叔父にも叔母にも、娘のおちえにも、人間味を感じるようになってきました。

末尾文に出て来る馬六は、もともと胃の病で叔父宅に診てもらいに来る患者でした。それが、酒代欲しさに恐喝しようとしたところを捕まって、牢に入れられたのです。大した罪でもないので、もうすぐ赦免になる頃、出牢したばかりの男が続けて三人襲われるという事件があり、次の出牢予定が馬六でした。

牢の世話役同心に頼まれて、登はその犯人を探り出そうとしますが、なかなかつかめません。そうこうするうちに、馬六が無事に牢を出ました。念のために自宅に見張りを付けたのですが、馬六がそのすきをねらって、酒を買いに家をこっそり抜け出したところを、何者かに襲われてしまいます。

幸い、かすり傷程度で済んだものの、一人娘のおかつは心配して、前々から話していた、嫁入り先での同居を馬六に強く勧めます。おかつは、蝋燭問屋の多田屋に後妻として入っていました。多田屋は五年前に押し込みに大金を取られたのですが、それで傾くような店ではありませんから、義父一人の面倒など、何の問題にもなりません。

馬六もさすがに、しぶしぶ同居を認めて、多田屋に挨拶に行った時、見覚えのある顔を見つけます。手代の伊八で、その男が連続襲撃の犯人でした。じつは伊八は、多田屋強盗の時も手引きをし、その後も何食わぬ顔で勤めていたのです。伊八の襲撃の本命は馬六であり、それ以前の襲撃は目くらましでした。馬六は、その強盗の下相談をたまたま耳にしてしまい、伊八に脅されたことがあったのです。

やっと一件落着しても、懲りないのが馬六です。楽に暮らせる同居先に移ったのに、「裏店が恋しい」などと贅沢を言うのです。末尾文は、そういう、しょうもない男の気持も分かるようになった分だけ、登が大人になったことを示しています。

馨之介は走り続け、足はいつの間にか家とは反対に、徳兵衛の店の方に向かっているのだった。
（暗殺の年輪）

藤沢は、この「暗殺の年輪」で直木賞を受賞しました。藤沢の作家人生にとっては、記念すべき重要な作品です。

主人公の葛西馨之介は、海坂藩の無役の平侍です。十八年前、父・源太夫は、ある重役の暗殺に失敗し腹を切らされました。幸いに、家族にまで処罰は及ばず、以後母・波留と二人でひっそり暮らしてきました。ところが突然、父と同じ役目が、息子に回ってきたのです。室井道場で一、二を争う剣士に成長したところに、目を付けられたようです。

相手は、中老の嶺岡兵庫です。その政敵の家老から依頼を受けた馨之介は、最初は断るのですが、これまで周りから受けてきた、若者の馨之介には耐えがたい「慝笑」の理由が明らかになった時、引き受けることを決意します。

なぜ、処罰が家族に及ばなかったのか。それは、母が敵である兵庫に身を売ったからでした。その事実が動かしがたいものであることを知った時、馨之介は母を責めました。直後に、母は自害して果てたのでした。

暗殺当日、立ち向かうのが自分一人であり、首尾よく暗殺できたとしても、口封じに消されることに気付いた時、馨之介の積年の怒りが一気に爆発しました。

兵庫を仕留め、討手を切り抜けながら、「馨之介はこれまで身体にまとっていた侍の皮のようなものが、次第に剝げ落ちて行くような気がした」のでした。侍のままでいては、いつまでも「暗殺の年輪」から免れることができないからです。

末尾文にあるように、自分の家ではなく、徳兵衛の店に向かうのは、もはや侍であることを辞める覚悟を示しています。徳兵衛は長く葛西家に下男として勤めた男で、今はお葉という娘と居酒屋を営んでいました。馨之介がそこに向かったのは、店で働くためではなく、とりあえず身を隠すためでしょう。

その後は、脱藩して浪々の身となるばかりかもしれません。そうなったとしても、馨之介には、もはや藩にも侍にも愛想が尽き、何の未練もないはずです。

範兵衛は、今年は早めに出してもらった行火炬燵の中で、うつらうつらしている。（ただ一撃）

刈谷範兵衛は、家督を息子に譲り、隠居の身です。妻を亡くし、息子の嫁の三緒に身の回りの世話をしてもらいながら、のんきに暮らしています。

二十年も前、範兵衛は兵法に心得ありということで、藩に召し抱えられたのですが、それを知る者は、息子を含め、誰もいなくなっていました。本人の普段の様子からは、その片鱗さえうかがえません。

そこに、突然、立ち合いの指名が来たのですから、周りが驚き、止めるのも、もっともなことです。しかし、範兵衛はそれが務めと言って、飄々と応じてしまいます。三緒が「つまるところ、お舅さまはおやりになりたいのではございませんか」と問うと、「範兵衛は、う、うと唸って三緒を見返すだけ」でした。

その後、一週間の山籠りを終えて戻って来た範兵衛は、「隠居ではなく、ひとりの老いた兵法者」に変身していました。その荒々しさのまま、体を求める範兵衛に、三緒は応え、そして試合の日の朝、自害しました。

仕官望みの清家猪十郎との試合は、範兵衛の「ただ一撃」で、あっけなく決まりました。自らの務めを無事に果たした後、刈谷家には加増があり、息子には格上の家の娘との再婚が決まりましたが、範兵衛は喜ぶどころか、何の興味も示しませんでした。ただ思い返すのは、三緒のことだけです。

試合直前の範兵衛は、三緒が自害したのを知った時も、眉一つ動かしませんでした。情けを捨てた兵法者になりきっていたからです。今や元に戻った範兵衛は、武家の妻女としての夫への操立てのためではなく、もしかしたら、舅の命に従うだけのつもりが「取乱して歓びに奔った」ことを恥じて自ら命を絶ったのではないかと想像します。

その真相はともかく、三緒が、美丈夫ながらサラリーマンタイプの夫より、兵法者の舅のほうに男の魅力を感じていたのは疑いようがありません。たとえ、ふだんは末尾文のようなありさまであったとしても、です。

風もない、穏やかな日射しの中で、二人の女は、なおしばらくきつい眼でお互いを見合った。　　（潮田伝五郎置文）

「二人の女」の一人は、潮田伝五郎の母・沙戸、そしてもう一人は、広田七重です。この二人がなぜ「きつい眼でお互いを見合」うことになったのか。それは、ひとえに伝五郎という男の、呆れるほどの馬鹿さ加減にありました。

十二歳の伝五郎が、粗末な衣服を嗤った道場仲間の井沢に腹を立てて、喧嘩をしかけて、逆にボコボコにされた時、仲裁に入り、優しい言葉を掛けてくれたのが、七重でした。七重にとっては、ほんの気まぐれにすぎなかったのですが、伝五郎にとっては、それ以来、七重が憧れの存在となってしまったのです。年上でもあり、家格も違いますから、結婚はおろか、付き合うことさえ思いもしません。遺言の「置文」にあるとおり、「七重どのは、それがしにとって神でござった」なのでした。

その後、希世という分相応の女と結婚した後も、それは変わりませんでした。七重が嫁入りした菱川家が政敵に襲われた時には、頼まれもしないのに、乗り込んで七重を助け出し、自宅に匿いました。さらに、七重が井沢と密会していることを知り、てっきり騙されていると思って、夫でもないのに、井沢に果たし状を突き付けました。そして、討ち果たすと、伝五郎はその場で腹を切ったのです。

これを、いちずな男心と言えなくもありませんが、そう言えるのは、相手が分かってくれていればこそです。じつのところ、七重は伝五郎のことを歯牙にも掛けていませんでした。伝五郎に思わせぶりの態度をとったという自覚すらありません。のみならず、心を許していた井沢を殺されてしまったのですから、憤りこそすれ、ありがたがる気持はまったくなかったのです。伝五郎の妻や母に恨まれる筋合いはないと思うのも当然です。

伝五郎自身は、幸せのうちに自己完結したかもしれませんが、彼に殺された者も、残された者も、誰一人として浮かばれることがありません。伝五郎が残したのは、置文と、末尾文にあるとおり、関わりのあった者同士の憎悪だけです。これが彼の「宿命」だったとしても、だからといって、それが認められ許されることはありえないでしょう。

振り向くと、日に照らされた砂の上に、まだ突っ伏して動かない佐吉の姿が見えた。
（密夫の顔）

武家社会において、妻が密通を犯すことは、どんな事情があろうとも、許されないことでした。露見すれば、相手もろとも手討ちにされます。夫が見逃すことは、武士としての沽券に関わることでした。

末尾文に出て来る佐吉は、越中の若い薬売りで、浅見七郎太が江戸勤めで、家を留守にしている間に、妻の房乃が熱で寝込んでいるのをいいことに、体を奪ったのでした。それを突き止めた七郎太は、佐吉を斬り捨てようとしますが、最後は許して逃がしてやります。佐吉との過ちで身籠った房乃が流産した始末を七郎太が一人でひそかに行い、妻を許したのと同様に。

なぜ七郎太は許す気になったでしょうか。房乃の過ちの告白を聞いた時は、「誰が相手かは、俺がつきとめる。その上で二人並べて成敗する」と、いかにも武士らしく宣告していたにもかかわらず。

相手になりそうな、「内情を知り、家に出入りして怪しまれない人物」として思い浮かんだのは、貝島藤之進、中林豊之助、剣持鱗蔵という道場仲間の三人でした。その三人を疑うことは、七郎太にとっては憂鬱なことでしたが、確かめずにはいられませんでした。

それぞれ違った形で、その三人の様子を探って行くのが、物語展開の中心になります。最後の剣持は七郎太と入れ違いに江戸に発っていたので、留守を守る妻・梨枝から様子を尋ねることにしました。ところが、酔った勢いもあり、よりによって七郎太自身が「剣持も、やはりこうしたのか」と思いながら、あやうく過ちを犯しそうになったのです。すんでのところで思い留まったものの、七郎太は、自分にも十分にその可能性があることと、問答無用で他人を罰する資格などないことをいやというほど思い知らされたのでした。

「悪い夢をみた、と思うしかない」と諦めようとする七郎太の目には、「突っ伏して動かない佐吉の姿」が自分の姿と重なって映っていたことでしょう。

斬り込んできた織部正の剣を巧みにはずしながら、甚五郎の剣先は、反射的に織部正の胸を刺し貫いていた。（嚔）

この末尾文の、息を呑むような剣戟の描写と、タイトルの「嚔《くしゃみ》」とは、どう見ても結び付きそうにありません。それがこの作品の愉快なところです。甚五郎はその時、くしゃみが出なかったからこそ、織部正の胸を刺し貫くことが出来たのでした。

布施甚五郎は、ある日突然、上役から上意討ちを命じられました。それだけの剣の腕があるから見込まれたわけですが、すぐには承服しがたい懸念がありました。くしゃみ持ちであることとです。「心身が緊張したときに、それがはげしく出る」のです。上意討ちともなれば、緊張するのは当然ですから、くしゃみのせいで討ち損なう恐れがありました。

その失敗の実績はこれまで沢山ありました。元服でお目見えの時も、奉納試合の決勝の時も、くしゃみのせいで、台無しにしてしまったのです。今は妻となっている弥生との初顔合わせの時も、あやうくそうなりかけました。

初めて若い女性と対面するのですから、緊張も極まり、くしゃみを抑えるのに必死でした。そのために歪んでしまった顔の表情を見て、弥生が急に怒りだします。「不器量は、自分で承知しております。でもそのようなお顔をされるいわれはありません」。驚いた甚五郎は、くしゃみをすることも忘れて、必死に弁解します。そのうちにくしゃみが出ないことに気付いた彼は、「弥生どののお叱りが嚔の良薬でござった」という殺し文句を言い、めでたく結婚に漕ぎつけたのでした。

くしゃみ持ちであることは、弥生しか知りません。わざわざ他人に言うほどのことでもないでしょう。まして、それを理由に、上意討ちを断るわけにもいきません。結局は、やむなく引き受けることになりました。

上意討ちの日、相手の付き人を倒した勢いで、向き合った本命の織部正の立派さを目の当たりにして、「自分がひどく理不尽なことをしようとしている、という気」がしたとたん、例の発作が出そうになりました。「そのとき織部正の鋭い叱咤が響いた」のです。まさにその叱咤が、幸か不幸か、末尾文に示される結末を招いたのでした。

源次郎の笑い声が高くなるのを、明乃は怪訝そうに見つめたが、やがて自分も、意味もわからないままに口に掌をあてててつつましく笑い出した。　（冤罪）

武士の中でも、小禄の家の、しかも次男坊以下になると、まっとうな未来はほとんどありません。どこかに婿入りすれば上出来ですが、でなければ部屋住みのまま一生を終えることになります。三男坊の源次郎もまさにそれでした。

まだ二十一歳。学問はともかく、剣の腕には多少の覚えがあるものの、婿入りの話はまるで来ません。居候している兄・三郎右衛門の家には子供が五人もいて、肩身の狭い思いをするばかりです。気晴らしに散歩して回るのが日課で、その途中で見つけたのが、相良彦兵衛の娘・明乃でした。

彦兵衛は兄と同じく勘定方に勤めていたのですが、ある日、帳簿を改竄したという理由で切腹させられ、明乃も姿を消してしまいます。不審を抱いた源次郎は、明乃に対する未練もあって、暇に任せて、あちこち調べ回ります。そうして、ついに勘定方組頭の、まだ若い黒瀬隼人の陰謀と分かり、直談判に乗り込みます。

源次郎の脅しが利いて、黒瀬は公金横領は白状するのですが、彦兵衛の死は事故であって、居合わせた勘定方の連中全員で、それを切腹と、口裏を合わせることにしたと言うのです。困ったことに、その中には源次郎の兄も含まれていました。「力およばず…」、源次郎はそう呟くしかありませんでした。

その後、一連の報告をしなければと思い、亡き彦兵衛の墓参りに出向いた時、源次郎は野良着姿の明乃を偶然、発見します。源次郎はもう躊躇しませんでした。明乃に思いの丈を率直に語り続けました。

明乃は今、裕福な百姓家に世話になり、近々養子に入ることになっていました。それを聞いた途端、源次郎は、今の立場に十分嫌気がさしていましたから、自分も婿養子に入ると言い出したのです。

「冤罪」にまつわる由々しき出来事の起きる武家社会から解放されようとしている、若い二人の笑いを伝える末尾文は、じつに晴れやかです。

半九郎は憂鬱な顔をうつむけて、甚内の後をついて歩いた。（一顆の瓜）

首尾よく果たした、命懸けの仕事の褒美が「一顆の瓜」だったとしたら、誰でも骨折り損と思わざるをえないでしょう。失敗したら、何もかも失うのですから、まったく割に合いません。しかし、上司からの命令ならば従うしかないのが、武士の辛いところです。

半九郎も甚内も、御普請組に勤める軽輩で、日々の暮らしに汲々としています。たまの鬱憤晴らしが、なじみの飲み屋に行って、妻の悪口を言いながら、酒を飲むことです。二人の腹立ちは、剣の腕はあっても、妻たちがそれをまるで評価しようとしないところにありました。

その二人が妻を見返すチャンスが訪れます。藩主の跡継ぎ騒動で、藩主の意向を汲む中老の相模に助太刀を頼まれたのです。雲の上の存在からじきじきに頼まれたのですから、軽輩としては意気に感じるのも分かります。

何とかその役目を全うした後、藩は落ち着きを取り戻しました。二人には、「世子交代という騒動の中で、大きな働きをした」という自負がありました。そして、当然、それに見合う褒賞があるだろうと期待し、そのことを妻にほのめかしてもいました。

ところが、いつまで待っても、連絡が来ません。あくまでも内密なことでしたから、こちらから問い合わせるのも憚られます。武士たるもの、そんな卑しい真似は出来ないという意地もありました。そうこうしているうちに、家庭内がまた険悪になりつつあったこともあり、二人はまたぞろ仕事帰りに、飲むことになります。

飲み屋に向かう道々、話をしながら、ふと思い出されたのが、中老名義で唐突に二人に届けられた、たった一個の真桑瓜です。誰の手配によるのかは知れませんが、それがまさか褒美であったとは思いたくありませんでした。しかし、その一方で、じつは上層部にとって、名前さえろくに覚えていない、その時だけの手駒の一つにすぎないことに、うすうす気付かざるをえませんでした。

末尾文で、半九郎が「憂鬱な顔」になったのは、甚内に「今夜は、たっぷり泣かれるな」と思ったからです。とはいえ、相身互いの立場なら、とことん付き合うしかありません。

多美や子供の顔を思い浮かべて、丹十郎はそう思ったが、その瞬間、さながら懐かしいもののように、日に焼かれ、風に吹かれてあてもなく旅した日日が記憶に甦るのを感じた。

（竹光始末）

生活の自由と安定は、両立しがたいものです。現代のサラリーマンにも当てはまりますが、かつての武士の場合は、到底、両立しえないことでした。

仕官できれば生活の安定は最低限、保証されますが、自由はほとんど失われてしまいます。対して、仕官を求めているうちは、自由と言えば自由ですが、生活は苦しいばかりです。末尾文で、小黒丹十郎がこれまでの仕官の旅の自由を懐かしく思えるのも、じつは仕官が決まりかけたからに他なりません。

妻と子供二人を連れた、五年に及ぶ放浪に、丹十郎は疲れ果てていました。海坂藩の物頭を務める柘植八郎左衛門宛ての周旋状を懐に、藩まで辿り着いたものの、新規召し抱えの時期はすでに終わっていました。しかし、その一家の様子に感じるところがあって、柘植は奉公先を当たってみると約束して、しばらく待たせることにしました。待つ間、宿代に困って、丹十郎は大刀を売り払っていました。

その後にやっと来た連絡は、上意討ちの仕事でした。それを果たせば召し抱えになるというのです。相手は、余吾善右衛門という男で、新規に召し抱えられて早々にお上を誹謗したかどにより、上意討ちの沙汰が下りたのでした。

勇躍、丹十郎がその家に乗り込むと、余吾は旅姿で待っていました。そして、国に帰って百姓をするつもりなので、見逃せと言うのです。その事情を聞くにつれ、いつしか気を許して、ともに長い浪人暮らしの苦労を語り合っているうちに、丹十郎は刀を売り払い、今は竹光を差していることをつい話してしまいます。すると、余吾は、いきなり丹十郎に襲い掛かって来たのでした。

勝負はすぐに終わりました。丹十郎は大刀ではなく小太刀の遣い手だったのです。やはり生きることへの未練があった余吾を哀れと思いつつも、自分の家族のことを思えば、丹十郎自身には他に道はなかったのでした。

折りとられた梅の枝ははげしく匂い、志津のあとから、ゆっくりと家の方に歩いて行く兵左衛門を包んだ。（梅薫る）

作品は、「蕾が大きくふくらんでいる。はち切れんばかりだった」で始まり、それを見た奥津兵左衛門は、「もう一息だな、と思った」のでした。それが、途中で「四、五日前から梅が咲きはじめていた。いまは三分咲きというところ」で、「いい匂いが漂」うようになりました。そして、末尾文です。娘の志津に持ち帰らせるために手折った「梅の枝ははげしく匂」うまでになっていました。梅のこのような変化は、女としての志津の成長に重ね合わされています。

一年前に、保科節蔵の元に嫁いだ志津でしたが、「時どきふっとわけもなく実家にもどって来ることがある」のでした。別に婚家が居づらいというわけでもないようです。今回は、身籠って体調が悪いので実家で休むことを理由にしていました。

じつは、志津には心のわだかまりがありました。かつて身も心も許した江口欽之助から、理由も告げられず、いきなり結婚を断られたのです。その後まもなく、勧められるままに保科と一緒にはなったものの、釈然としない思いが今もなお、後を引いていました。ついには、江口とひそかに会ったのですが、納得が得られませんでした。

その成り行きを見かねて、兵左衛門は娘に事の真相を伝えます。江口は、よりによって結婚直前に、剣の稽古中の事故で男としての機能を失ってしまったのでした。そのことを、江口自身の口から、志津に話すことは、とても出来ませんでした。たとえ志津がそれでもかまわないと言ったとしても、先々のことを案じたからです。その代わりにと紹介されたのが保科で、保科は万事を知ったうえで、志津を妻に迎えたのでした。

兵左衛門は、この男たちの志津への思いに感じ入り、「そなたほどしあわせな女子はいまい」と語って聞かせました。放心したようにして父親の話を聞いていた志津は、「どこか洗われたようなすがすがしい」表情を見せ、すぐにも保科家に戻ることにしました。

末尾文は、まだ蕾だった志津が女として咲き匂うようになることを予感させます。

今夜の奉行との話を聞かせたら、けいは喜ぶかも知れないが、その前にまた泣き出しはしないかと、波十郎は心配だった。（泣くな、けい）

けいは、三年前に波十郎の家に女中奉公に来た、十八歳の娘です。波十郎の妻・麻乃は癇癪持ちで、けいに辛く当たってばかりだったにもかかわらず、「強情で、涙ひとつこぼさない子ですよ」と麻乃に言わせるほど、頑張り通してきたのでした。けいにはすでに親はなく、帰る所がなかったこともあるかもしれません。

麻乃が病気療養先の湯宿で急に亡くなりました。じつは、その前夜、麻乃の不在をいいことに、波十郎は酔った勢いで、けいを手籠めにしたのでした。間の悪さといったらありません。波十郎は麻乃に対しても、けいに対しても、後ろ暗い思いを抱くことになります。

折も折、今度は仕事のほうでの失態が発覚します。管理しておくべきお家の重宝の短刀が行方不明になっていたのです。それは、波十郎が研ぎに出し、奉行に届けるように妻に指示したものでした。しかし、麻乃は裏切って、密会していた中津清之進という男に渡していたのです。短刀は、すでに売り飛ばされ、客に買い取られてしまっていました。その事実が判明すると、波十郎は謹慎処分を受け、短刀を取り戻すことを命じられました。

波十郎は、その仕事をけいに委ねます。尻込みするけいに、自分の命が懸かっていることを訴え、引き受けさせます。ところが、旅立ったけいは、予定の一週間はおろか、一ケ月近く経っても、戻って来ません。もはや望みもないと諦めかけていた頃、けいが帰って来ました。隣国の客が江戸詰めとなっていたために、単身、往復三百里近くを旅して来たのです。労う波十郎を前にして、大役を果たしたけいは何憚ることなく、大声で泣き続けるのでした。それは、波十郎が初めて聞くけいの泣き声でした。

その後、八方まるく収まると、波十郎はけいと再婚することにします。その斡旋を上司の弥一衛門に頼むと、快く引き受けてくれました。

そして、その帰り道での波十郎の思案が、末尾文です。しかし、たとえけいが泣き出したとしても、一度は命を預けた間柄なのですから、波十郎が心配することなど、もう何もないのでした。

八之丞や鉄蔵が来る前に、ひとこと母上と言ってみたい、と小四郎はぼんやりとかすむ意識の中でそう思いつづけ、その思いのために、傷の痛みを忘れていた。

（泣く母）

生まれてすぐに去ってしまって、顔も声も知らない母親を思う少年の心とは、いったいどんなものでしょうか。母恋いは、文学における普遍的なテーマの一つです。この作品は、藤沢がそのテーマに、きわめてピュアな形で、挑んでみせたものです。

伊庭小十郎が通う藤井道場に、矢口八之丞という年下の男子が入門して来ました。微禄の家の子弟が多い中、八之丞は見るからに上士の息子でした。「矢口」という名字に聞き覚えのあった小十郎が確かめると、母親の再嫁先でした。つまり、小十郎と八之丞は同腹の兄弟だったのです。

同門で小十郎と同い年の森雄之助が、自分より家格が上であることを妬んで、入門早々の八之丞に異常なほど厳しい稽古を付けます。八之丞も、気が強いのか、それに耐えてなかなか音を上げようとしません。そんな八之丞を、小十郎はかばおうとしながらも、弟が母親と一緒に暮らしているのに、自分は母親の顔さえ見られないと思うにつけ、その不公平に複雑な気持になるのでした。

森は稽古だけでは気が済まなかったのか、八之丞に木刀での私闘を強引に押し付けます。それに対して、八之丞も受けて立つと答えてしまいました。友人の篠崎鉄蔵がそれを伝えに来た時、小十郎は八之丞の代わりに立ち合うことにします。負けるに決まっている弟を守るというよりも、不具にでもされてしまったら、母親が嘆き悲しむと思ったからでした。

闘いは、大怪我でしたが、どちらも致命傷にはならない程度の相打ちで終わりました。そのまま気を失っていた小十郎を抱きかかえていたのは、気付けば、母親でした。弟を助けたことに涙ながらに感謝する母親に、「八之丞のためではなく、あなたのためにしたことです」と告げたかったのですが、言葉になりません。

恋い焦がれ、ようやく会うことが叶った十五歳の少年は、どれほど「母上」と呼んでみたかったことでしょう。末尾文からは、その純な思いが切々と伝わってきます。

万力のような力で袖をつかまれて驚愕している中老ににたにたと笑いかけると、平助はのび上がって中老のあばた顔をぺろりとなめた。（悪癖）

この末尾文から、タイトルの「悪癖」がどんなものかがうかがえます。

渋谷平助には、「酔うとひとの顔をなめるという奇癖」がありました。相手かまわず、です。家族や同僚ならばまだしも、勘定方の平職にすぎない平助がめったに会うこともない中老の服部内蔵助の顔をなめてしまったのですから、普通ならただでは済みません。

その結末は示されていませんが、不正を暴いた平助をねぎらう内密の飲み会でしたから、処罰されることはないでしょう。ただ、平助の妻・茂登が期待していた加増がダメになったことだけは、ほぼ確実です。

平助は、算盤の腕は人並み優れているのですが、まだ三十代なのに、見掛けがじじむさく、極端に無口でしたから、周りからは疎んじられがちでした。本人も、そのことはよく承知していましたから、日々の暮らしは索然としたものでした。ただ、その分だけ、たまに酒が入ると、方言に言う「おもしょい」（愉快）気分となり、それが高じたあげく、例の奇癖・悪癖が出てしまうのでした。

こういう奇癖・悪癖は、特別に害があるというものでもなく、たしかに薄気味悪くはありますが、酒癖とすれば、他愛ないという点では、まだマシかもしれません。ただ、それゆえに、好意的に、まして人格的に高く見られるということは、ありえないでしょう。たとえどんなに有能であったとしても、です。

先に見た「嘘」もそうでしたが、藤沢はこういう人物を好んで描いた節があります。こここぞという大事な時に限って失敗してしまう、愛すべき、としか言いようのない人物です。世の中には、そんな人物が意外と多い、ほら、そこのあなたも…と思っていたのかどうかは分かりませんが。

平助の奇癖・悪癖を知らない中老が、いきなり「にたにたと笑い」ながら、近寄って来る姿を見て、驚愕するのは、無理もありません。そして「あばた顔をぺろりとなめ」られた後、いったいどういう対応をしたのか、想像をかきたてられませんか。

いま、夫婦再会のいいところなのに、少し静かに出来ぬかと孫四郎はにがり切っている。

（山姥橋夜五ツ）

「夫婦再会のいいところなのに」と、柘植孫四郎は思いますが、この末尾文まで読んでくると、勝手だよな、という気がしてきます。そもそも、妻の瑞江を離縁したのも、不義という噂を信じて、それを否定した妻を信じなかったからでした。離縁後、病に伏せっている母親から、「十年余も連れ添った嫁を信用出来なかったそなたの方が、わたくしには不思議に思えますよ」と言われるくらいです。

実際、ある事件の解決の目途が付いた後、大目付の小出徳兵衛から孫四郎が聞かされた話は、不義の噂の元は、内密の取り調べのために小出が瑞江を小料理屋に呼び出したことにあり、そのことを夫にも洩らさないように厳命したというものでした。孫四郎も容疑者の一人だったのです。夫から噂について問い詰められた時、瑞江は全否定しましたが、藩命のためとはいえ、離縁覚悟で、事情を語らないというのも、すごいことです。いつかは真相が明らかになるとしても、何の保証もなかったのですから。

離縁されてからも、瑞江は孫四郎の母親のために、留守を見計らって、家を訪ねて来るのですが、それもまた孫四郎は気に入りません。「嫌いで離別した妻ではなかった」と思いながらも、藩に離別届を出した手前、ひとえに世間体を憚ってのことでした。おとなしい息子の俊吾が道場仲間にやたら喧嘩をふっかけるようになったのも、母親が家を出たせいだと分かっていても、説教もせずに放置したままでした。

大目付との話が済んで帰宅すると、孫四郎は瑞江とバッタリ顔を合わせます。すぐさま、「もう、いいそうだ。済まなかった」と謝ります。しかし、これとて、大目付に「もうよいぞ。女房殿をもどしていたわってやれ」と言われたからにすぎず、自らの不明を恥じたわけではなさそうです。この時、瑞江はどういう気持で聞いていたのでしょうか。

夜遅くなのに、瑞江を外に連れ出して、「いま、夫婦再会のいいところ」と思っていたのは、孫四郎だけだったように思われます。この末尾文からは、そういう男の身勝手さを問いただそうとする意図が伝わって来ます。

田鶴は晴れ晴れとした声で言った。
（榎屋敷宵の春月）

田鶴が言ったのは、「いい月ですこと」という感嘆の言葉です。夜遅く、小谷三樹之丞との話を終えて、屋敷を出たところで目にしたのは、春の「まるくおぼろな」月でした。一連の出来事に追われ、田鶴はのんびりと月を眺める余裕もない暮らしをしていたのです。

事の起こりは、夫の寺井織之助の出世争いです。そこに、競争相手の一人、宗方惣兵衛の妻・三弥との女同士の戦いが加わります。田鶴と三弥は、藩主の母のそばで五年間、ともに奉公し、今でも付き合いのある古い友達であるとともに、何かと張り合うライバル同士でもありました。二人の夫は今はほぼ同格ですが、どちらかが執政入りすると、格然と差が開くことになってしまいますから、妻同士も必死でした。

そこに別の事件が加わります。江戸からの若い密使を匿ったことから、田鶴はその事件に巻き込まれ、というよりは進んで関わることになります。挙句には、その密使を殺した男に一人で立ち向かい、見事に仕留めます。田鶴は、小太刀の免許取りでした。

いっぽう、田鶴の夫・織之助は、田鶴がその「平凡さ」が好ましいと思って結婚したくらいですから、出世争いについても、密使の事件についても、まったくの無能で、事なかれ主義でした。田鶴の無断行動のいちいちに不満を述べるだけですが、田鶴は田鶴で、一応しおらしく表面は取り繕うものの、ただ聞き流すだけで、好き勝手をします。初めから、そういう関係を望んでいたのではないかとさえ思えます。

結局、出世争いには敗れ、密使の事件も有耶無耶になります。憤懣やる方ない田鶴は、最後に、三樹之丞にすべてを打ち明けることにします。今も馴れ馴れしく言い寄る変人ですが、藩主の血筋につながり、「陰の実力者」とも呼ばれていたからです。

田鶴が話し終えると、三樹之丞は「この屋敷に来たのは正義のためか、それともご亭主のためか」と詰め寄ります。答えは聞くまでもなく、「そなたはそういう女子だったな」と言われます。

そういう田鶴を、「女だてら」と言うのは似つかわしくありません。むしろしがらみだらけの男に比べれば、女だからこそその晴れ晴れとした「いい月」なのでした。

だがそのはるも、郷見が藤右衛門の子を身籠っていることを知らなかった。（上意改まる）

郷見《さとみ》は、大目付の北条六右衛門の娘、はるは北条家に仕える下婢です。末尾文は、郷見が川に飛び込んで命を絶ったことを伝え聞いた後のことです。はる一人だけが知っていたのは、片岡藤右衛門という、郷見と密会していた男の死の後を追ったということでした。

藤右衛門は上意によって殺された男ですから、その子供を身籠ってしまったのであれば、嫁入り前の身のこと、それでも生きてゆくという選択肢はなかったでしょう。

そもそも藤右衛門が殺されることになったのは、本人のせいではなく、執政の一人を務める兄の理兵衛のせいでした。しかし、その理兵衛も悪事を犯したわけでも失態をしでかしたわけでもなく、その名のとおり民政の「理」のみに徹して、「譲ることを知らず、人と対立する」ことから、私欲に満ちた藩主をはじめ重役たちから根深い反感を買ってしまったのです。その結果、兄弟すべて切腹という厳しい上意が下りました。

郷見から、そういう動きをあらかじめ、こっそり打ち明けられていた藤右衛門でしたが、打つ手がありませんでした。理兵衛にそれとなく伝えても、聞く耳を持たないどころか、かえって対抗の意気が上がるばかりです。そのうえ、仲違いをしている北条家の娘と通じていることに激怒する始末です。

どのみち上意に対して「理」のみでは抵抗しえません。多勢の討手によって、片岡三兄弟はそろって死ぬことになりました。その後、厳しすぎる上意を促した筆頭家老に大目付の北条が疑問を呈するのですが、一笑に付されて終わりました。不明な藩主や悪辣な家老を暴くことは、公儀による御家断絶にもつながりかねないことだったのです。

理兵衛の死後、彼の「理」による政策に助けられたことのある百姓たちが続々と藩を離れて行く群れを見て、郷見が絶望したのは、個人的なことばかりではなく、藩の自滅を予感したこともあったのかもしれません。

末尾文のはるが知らなかったのは、身籠っていたという郷見の体のことだけではなく、武家の娘としての、そういう思いもでした。

右の二つの挿話は、信憑性のほどは保証しかねるけれども、小野次郎右衛門忠明という兵法者の兵法の形と強さの片鱗を伝えているように思われる。（死闘）

小野次郎右衛門忠明とは、神子上典膳と通称される実在の剣豪です。「死闘」というタイトルは、伊藤一刀斎の相弟子だった小野善鬼との、後継者を争った試合のことです。結果は典膳の勝利で、彼は後に剣術指南役に取り立てられて旗本となりました。

末尾文の言う「二つの挿話」とは、旗本になってからの典膳の闘いぶりに関するものであり、「ように思われる」と、それに対する婉曲な物言いになっています。この作品を含む、「決闘の辻　新剣客伝」と名付けられた、史実を元にしたシリーズの中でも、このように作品の最後で語り手が直接的に思いを述べることは、他にありません。藤沢作品でも稀有なことであり、このことは、語り手と登場人物との距離を感じさせます。典膳は他の作家の作品にも取り上げられていますが、この距離感がおそらく藤沢らしさを出しているように思われます。

狂人めいた善鬼に比べれば、典膳は真っ当のように見えます。とはいえ、剣術を極めた人ですから、尋常ではありえません。この作品でも、典膳に多少なりとも情味が感じられるのは、死闘の後に善鬼の骸を葬ろうと思ったところと、一刀斎の身の回りの世話をしていた小衣と再会したところぐらいです。他は、典膳が何をしたかしか描かれていません。ちなみに、月村了衛の「神子上典膳」という作品では、典膳よりもむしろ善鬼のほうに人間としての深さがあるように描かれています。

旗本になってからの典膳についても、「起伏の多い生涯」とまとめるにすぎません。最後に付け加えられた「二つの挿話」も、「兵法の形と強さ」を伝えるためであって、人となりを紹介するためではなさそうです。家康が典膳の剣技を見て「妖術のたぐい」と怪しみ、「人の子ではない」と思って、最初は召し抱えようとしなかったのと同じような思いが、藤沢の中にもあったのかもしれません。

そんな藤沢の思いがそれとなく表されているのが、末尾文に示された距離感です。

冬近い、淡く力ない日射しが、遠ざかる女の背を照らすのを見た気がしたのである。
（邪剣竜尾返し）

「隠し剣」シリーズの冒頭に置かれたのが、この作品です。「竜尾返し」という剣技は、「邪剣」の名にふさわしく、「卑怯な、騙し技」で、まさに「死地に立ったとき」のみ遣うべきものでした。その技は、檜山弥一エ門が編み出したものですが、中風で倒れてしまい、跡を継いだ息子の弦之助はそれをまだ伝授されていませんでした。

そこに、仕官望みの赤沢弥伝次が現れ、弦之助に試合を望みます。藩士という立場もあって、すげなく断ると、このままでは埒が明かないと思った赤沢は一計を案じました。

弦之助が足を痛めた母に代わって赤倉不動にお参りに行った時、気分転換と思って、日帰りではなく夜籠りをします。まだ独身の弦之助でしたから、同僚から耳にした、夜籠りの淫靡な噂に対する興味があったことも、事実でした。そして、そのとおりのことが起こります。美貌の武家の女から話しかけられ、その流れのまま、外で睦み合ってしまったのです。それが赤沢の仕掛けた罠でした。赤沢の妻だったのです。

そのことをネタにして試合を迫る赤沢に、弦之助は、人妻と分かっていてのことでしたから、応じざるをえません。しかし、互角の試合は出来ても、勝てる自信はなく、竜尾返しを何とか会得するしかありませんでした。そうして、真剣勝負の結果、弦之助はその技で赤沢を仕留めることができました。これだけのことならば、よくある剣術物にすぎませんが、この作品の末尾文は、別の読みを誘います。

弦之助と睦み合った夜、赤沢の妻は、「あなたさまの子を身籠ったりしたら、どんなにしあわせでしょう」と言います。それは、不幸な結婚生活からの本心だったかもしれません。そして、赤沢も、真剣勝負の直前に、「あの女は石女《うまずめ》だった。それがどうやら貴様の子を孕んだらしい」と告げます。真偽のほどは分かりません。

赤沢が死んだ翌日、その妻は姿を消してしまいます。末尾文が描く幻影はその女だけでなく、すべてが邪剣によってもたらされたものであるように思わされます。

気をつけろ、と惣六は自分をいましめた。（女難剣雷切り）

「女難剣」と言うと、その剣技が女難を招くように受け取れますが、そうではありません。惣六に女難の相があるから、その技が遣えるということでもありません。そういう意味では、やや無理のある造語と言えるでしょう。

「女難」とは、男が、関わる女から受ける災難です。惣六にそれが当てはまるかと言えば、疑問です。本人は、「寄ってきた女は、大ていは災いを運んできただけだった」と自嘲するのですが。「災い」があったとすれば、「極めつきの好色漢」という、女が近付こうとはしたくなくなるような、嬉しくない噂ぐらいです。

たしかに、「女房運の悪い男」とは言えます。最初の妻は良い妻でしたが早々に亡くなり、そのあと迎えた二人の妻には、次つぎと逃げられ、新たに上司に勧められ迎え入れた妻も、じつはその上司の愛人で、すぐに別れることになります。

それというのも、惣六がそもそも「はえない男」だったからです。じじむさい風貌、おまけに小柄で痩せていて、「覇気にとぼしい男」でした。明らかに、女にモテるタイプではありません。結婚までの経緯はどうあれ、並みの女ならば、愛想尽かしされたからといって、文句は言えません。つまり、身も蓋もなく言えば、非は惣六にあるのであって、女難とは違います。並外れた剣の腕を持っていても、また女を慈しむ気持を持っていても、女にとっては何の意味もないのでした。

末尾文で、「気をつけろ」と惣六が自戒したのは、女中のおさとに対してです。一度、酔いに任せて挑もうとしたところ、おさとは大騒ぎをして、近所の物笑いになってしまいました。それでも、おさとは何も言わずに、なお家に居続けてくれ、新たな妻が去った「おのれの不運に同情してくれる」のですから、惣六の気持が動くのも分かります。

末尾文のとおり、惣六が自分を戒めるのも、いつまでもつかという感じがします。こんな具合で、隠し剣の技の冴えを見せるのがこのシリーズの持ち味なのに、この作品は女のことから離れられないのでした。

遠ざかるうしろ姿を、門のわきにいた人足がしばらく見送ったほど、おあきの大柄な背はさびしげに見えた。

（陽狂剣かげろう）

おあきは、「大柄だが気性はやさしい」女で、一人暮らしをする半之丞の家の下女をしていました。末尾文は、半之丞の死後、藩に没収された主家のありさまを最後まで見届けた後の場面を描いています。仕えていた家が失われたのですから、そのうしろ姿が「さびしげに見え」るのも当然でしょう。しかし、それだけではありませんでした。

事の起こりは、半之丞の婚約相手だった、三宅十左エ門の娘・乙江が若殿の側に仕えることになったことです。その話を、剣の師である十左エ門から切り出された時、半之丞は選択の余地がないことを思い知らされました。そのうえで、すっかり結婚する気になっている乙江を諦めさせるために、半之丞は「気が触れたとでも言って頂きましょう」とヤケ気味に言ったのでした。

最初はその振りをして、噂を立てようとしました。ところが、「狂気を真似ることは、限りなく狂気に近づくこと」でした。自分でも気付かないうちに、「そこに近づくことに、心が惹きつけられる」ようになっていたのです。そうでなくても、美人の誉れ高く、望み望まれて婚約した相手をみすみす手放してしまうことになるのですから、正気では、とても耐えられなかったでしょうが。

狂気の噂から、半之丞は養生のために城勤めを休むように命じられます。そして、乙江が江戸に発って半年後、快復を理由に再勤を申し出たのですが、なぜか二度にわたって却下されました。そのあたりから、狂気の真似が真似で済まなくなっていたようです。

若殿の子を身籠った乙江が二ケ月で流産し、そのまま病の床に伏し、十七歳で亡くなったことを知った半之丞は、ある日、抜き身の刀を手に、城中に押し入り、「乙江を返して頂こう」と叫びます。もはや「陽狂」つまり狂人の振りではなく、完全な狂人となり果てていたのでした。

近くにいながら、おあきは、そんなふうになってゆく半之丞をどうすることも出来ませんでした。もちろん、半之丞をそうさせてしまった武士の逃れがたい運命についても。

修助は竜泉院の境内で会った秦江を、ただひとつの救いのように思い出しながら、暗い地面から牧の身体を背負い上げにかかった。

（暗黒剣千鳥）

修助は部屋住みの四男坊で、二十三歳になります。長兄の嫁・松乃は、その年齢に気付くと、慌てて婿入り先を探しに走り出します。そこに、松乃の母方の叔母が、願ってもない縁談を持ち込んできました。その娘が十八歳になる秦江でした。両家ともに異存がなく、婿入りもすぐかと思われましたが、肝心の修助がしばらくの猶予を願い出ます。

ある日、道場帰りの途中にある竜泉院という寺の前で呼び止められ、修助が門内に入ると、待っていたのが秦江でした。延期の理由を問いただすためです。修助が、口には出来ない事情があるせいだと告げると、秦江は「私、あなたさまを信じております」と答えてくれました。この言葉、この信用が、修助に生き延びなければという思いを強くさせることになりました。

その事情とは、かつて修助も関わった暗殺事件にありました。その三年後、仲間の五人が次々と殺され、ついに残るのは修助一人だけとなりました。仲間の斬られ具合から、それが修助の通う道場の流派に伝わる秘剣「千鳥」であることが判明し、それを打ち破る工夫をして、襲われる機会に備えていました。

いざその場に及んだ時、修助はかろうじて秘剣をかわし討ち取るのですが、その相手は驚くべきことに、暗殺を命じた家老でした。上に立つ者にありがちな、執念深い猜疑心から出た行動です。遡れば、そもそも暗殺そのものが、その家老の陰謀によるもので、若者たちはまんまと引っかかってしまったのです。暗殺仲間はみな部屋住みの身分でしたから、家老の頼みに応えたら、あわよくば取り立てられるという気持があったのでしょう。

末尾文での修助の行動は、修助のためにも、邸内に運びこむようにという、死にかけた家老の最後の言葉を聞いてのことです。「一人では背負い切れないほどの重い秘密」を知ってしまった修助にとって、「ただひとつの救い」が秦江でした。秦江と一緒ならば生きてゆけると思ったからこそその行動でした。

その顔を見返しながら、七兵衛はまだ物も言えず、犬のように口をあけて喘いでいる。（孤立剣残月）

小鹿七兵衛が見返した顔は、妻・高江の泣きべそ顔です。勝気な高江がそんな顔を七兵衛に見せたことは、おそらく一度もなかったでしょう。それを見て七兵衛が「まだ物も言えない」のは、果たし合いを終え、疲労の極に達していたからです。

七兵衛と高江は、「遠いむかしに仲がこじれてしまった夫婦」でした。その原因は七兵衛にあります。十五年前に上意討ちの旅を命じられ、無事に果たして帰国すると、賞賛が待ち受けていました。それが一転して、「いっときの功名に酔って酒と女に溺れた男」と周りから軽んじて見られるようになると、高江は「決して七兵衛を許そうと」しなくなってしまいました。それと関係があるのかないのか、二人には子供も出来ませんでした。

七兵衛に降って湧いたような話が持ち込まれます。上意討ちをした相手の弟が自分に仇討ちをするというのです。しかも、交代した新たな執政の許可も得て。受けないことには、武士の面目が立ちません。とはいえ、上意討ち以来、もう四十歳を過ぎ、酒太りし、剣も握らない暮らしをしてきたので、とても太刀打ちできそうにありません。

みっともないことを承知で、上役やら昔の仲間やらに相談を持ち掛けますが、すべて甲斐なく、妻も実家に戻ってしまう始末です。文字どおり孤立無援のまま、果たし合いに臨むしかなくなりました。その時に、ふと思い出したのが、かつて師に伝授された、秘剣の技です。ともかく、ひたすらそれを練習するしかありませんでした。

相手ははるかに若く、強敵でした。腕をかすられ肩をうすく斬られ、いよいよとなった時、七兵衛の目に入ったのが、夜叉のような顔で懐剣を抱え走り込んで来た高江でした。相手がそれに気を取られた、まさにその瞬間の隙に、秘剣が振り下ろされたのです。

皆に見捨てられた最後の最後に、結局、七兵衛を救ってくれたのは、自分を見限ったはずの妻でした。この上は、妻に対して物が言えないのは、今だけではなく、きっとこれからずっとのことになるでしょう。

言うと、老練の与力はすばやく立って部屋を出て行った。

（悪党の秋）

連作短編集「天保悪党伝」六編の最後の一編で、悪党一味の頭目である河内山宗俊が主人公です。「悪党の秋」というタイトルの「秋」は、物語設定の時期のことだけではなく、一味の悪行の終わりも暗示しています。つまり、収録六編全体の終焉です。

この作品の最後の場面は、それに照応しています。宗俊が水戸藩を恐喝したことを耳にした老中からの、宗俊周辺の探索を始めよという命に対して、末尾文の「老練の与力」は「心得ました」と言って、すぐそれに取り掛かったのでした。こうなっては、もはや江戸に逃げ道はありません。あとは推して知るべし、でしょう。

「天保悪党伝」が講談の「天保六花撰」を元にしていることは、言うまでもありません。歌舞伎風に示せば、「世界」が同じであるとすれば、ポイントは藤沢流の「趣向」はどんなものかにあります。悪党ではありますが、宗俊も歴史的に知られた人物ですから、その有名な悪行ぶりに主たる関心があったとは思えません。藤沢が目を向けたのは、宗俊の、子を案じる親という、悪党らしからぬ側面ではないでしょうか。

宗俊自身が幼くして父を失ったということもあります。息子の三之助が結婚した今も出仕できないでいることを気に病んで、悪事を働く一方で、城勤めの知り合いに付け届けを欠かしません。しかし、父親の悪行は知れ渡ってしまっていますから、付け届けは受け取られるものの、その成果はまったく見られないままです。

宗俊自身は自らの人生を後悔する気持はないのですが、その報いが息子にも及ぶとなると、さすがに心を痛めます。「近ごろ三之助の素行が荒れているのは、いまの中ぶらりんの身分に苛立っている」ことも重々分かっているのでした。何とかしようと焦る思いで、宗俊が手を出してしまったのが、将軍御三家の一つへのゆすりです。これでは、どのみち息子が浮かばれるとは思えないのですが、宗俊が出来ることはもう他にありませんでした。

ゆすりはうまく行ったのに、宗俊はなぜか、これまでにない「なんとも知れない不安」を抱くのでした。そして、そのとおりの展開になったことを示すのが、末尾文です。

又八郎は、そう思いながら、立ち上がると膝の埃を払い落とし、足早にそこを離れた。
（犬を飼う女）

「用心棒日月抄」というシリーズは、当初一回めの連作で終わる予定でしたが、予想外の評判によって、一九七六年から一九九一年まで、「孤剣」「刺客」「凶刃」と連作タイトルを変えて、さらに三回の連作となりました。この「犬を飼う女」は、長く続いた人気シリーズの、記念すべき第一編です。

主人公の青江又八郎は、江戸に入って間もない、ただの浪人として登場します。とりあえず口入れ屋に足を運び、仕事の斡旋を頼むと、持ち出された最初の仕事が、あろうことか、犬の番でした。しかし、稼ぐ当てがまったくない又八郎に、武士としてのプライドなどあらばこそ、否も応もなく、引き受けます。

おとよという妾が飼っていた犬が誰かによって危ない目に遭わされるということで、その用心のための仕事でした。犯人はそれほどの苦労もなく知れました。かつては恋仲で、今もなおおとよに未練のあった男が、「生類憐みの令」が出ていた頃のこと、おとよを囲う主人に咎が及ぶように企んだのでした。

又八郎は、その男を捕らえることはせず、おとよと会えるように計らいます。そして、「さて、お手当てを頂戴しようか。犬の番人も今日で終わったのでな」と、ちゃっかり言って妾宅を去ります。このあたりは、早くも用心棒としての割り切りが見られます。

そんな又八郎が、じつは刺客に付け狙われる、危うい元藩士の身であったことが分かるのは、この作品の、やっと最後に来てのことです。一人めの刺客を何とか仕留め、末尾文となります。

末尾文で又八郎が思ったのは、「いずれ、あのひとがやってくるだろう」ということでした。「あのひと」とは、又八郎の許嫁の由亀のことです。又八郎は、由亀の父・平沼喜左衛門を斬り捨てて、脱藩したのでした。由亀が何のために来るのかはまだ分かりませんが、ともかく、又八郎は、由亀に会うまでは、何があろうと、江戸に留まり、死ぬわけにはいかないのでした。その思いこそがこのシリーズの物語の出発点になります。

――芳之助師匠はいい人間だが、言うことはあまり当たっていなかったな。
と思った。
（娘が消えた）

この末尾文は、形式において、他とはちょっと毛色が違います。前文を受けながらも、わざわざ改行して「と思った」だけで終わっている点です。それがなくても、末尾部分としては成り立つでしょう。あえてこのような終わり方にしたのは、思う内容と思うこと自体との間にギャップがあったことを示すためと考えられます。

今度の仕事は、犬ではないものの、油屋の娘・およう の護衛です。その話を聞いて、又八郎も、「なにかもそっと、侍に似合いの仕事がありそうなものだが」と、口入れ屋に文句を言うまでになっていました。しかし、法外な手当ての額を知ると、あっさり引き受けます。何か裏があることまで及ばないあたりが、まだ経験不足なのかもしれません。

ある日、およう の通う小唄の師匠宅からの帰り道で、又八郎がお供をしたにもかかわらず、刺客の相手をしているうちに、およう が何者かにさらわれてしまいます。

又八郎はその足で師匠宅を訪ね、おようと付き合いのあった男弟子の喜八のことを突き止めます。師匠の芳之助は、「あの子は拐かされたのではなく、自分から身を隠して喜八のところに行ったのかもしれません」と言い、「あの子は身籠っているかもしれません」とも淡々と語ったのでした。

真犯人は、おようと喜八がたまたま目撃してしまった殺人現場の悪党たちでした。又八郎は満身創痍になりつつも、何とか切り抜け、おようを無事に家に戻すことができたのですが、つい賃仕事以外のことまで口出しをしてしまいます。

おようが身籠っていることを両親に伝え、喜八との仲を認めさせたのでした。ところが、後日、およう自身から、悪びれもせず、それが嘘であることを伝えられ、又八郎はただ呆然とするしかありませんでした。師匠もグルだったのです。

呆然とした中からようやく思い浮かんできたのが、江戸者は油断がならないということでした。末尾文のギャップは、それが腑に落ちるまでに時間がかかったということです。

ゆっくり手紙をちぎりながら、又八郎はあの男いつまで色町の用心棒をしているつもりかと思った。（内儀の腕）

この「内儀の腕」は、「用心棒日月抄」第一集の後半、六編めに位置していますが、このあたりから、脇筋として小出しにされてきた忠臣蔵や藩内抗争の記述が目立つようになります。藤沢によれば、「もともとは忠臣蔵を横から眺めるという体裁をとった」小説にするつもりだったとのことですから、それも当然なのですが、末尾文はあくまでも用心棒仕事がらみの内容に戻っています。

末尾文の「あの男」とは、江戸で知り合った用心棒仲間の細谷源太夫のことです。かなり危険な護衛の仕事に就いてしまった又八郎は、源太夫が色町の用心棒という、女のおまけまで付いた、おいしい仕事を楽しんでいるのを面白く思っていません。しかも、又八郎が源太夫に依頼したある男の調査の回答が届いたのが遅く、又八郎がすでにその男に襲われた後のことでした。

何とか無事だったものの、源太夫を責めたくもなるというものでしょう。しかし、源太夫に罪があるわけではなく、世間によくある八つ当たり以外のなにものでありません。いつもは物静かな又八郎にはきわめて珍しいことです。それほどに、生きるか死ぬかという戦いだったということでしょう。

この作品では、又八郎は三度もの斬り合いを余儀なくされたのです。最後が護衛していた内儀の元愛人ですが、その前の二回は、忠臣蔵に関わる吉良家の差し向けた刺客たちでした。それというのも、その呉服屋は浅野家と深い関わりがあり、資金援助をしていたのです。二度めの時の相手は、よりによって、又八郎とともに護衛に雇われた男でした。その男は見掛けにそぐわず刺客たちの頭領たる凄腕でしたから、又八郎はあやうく命を落とすところでした。

生き延びてホッと一安心できたからこそ、一人安穏としていい思いをしている友達に怒りを覚えてしまう、末尾文の又八郎の八つ当たりも、許してあげたくなりませんか。

好色なうえに吝い老人を相手に、又八郎は懸命に売り込んでいる。（奇妙な罠）

「用心棒日月抄」第一集の最後は、又八郎が無事に藩に戻り、由亀とも再会し一緒に暮らすというハッピーエンドです。それが、一年後に連載が再開した「孤剣」では、又八郎はまた江戸の浪人に戻されてしまいます。藩命とはいえ、脱藩の形で、手当てもなしというとですから、無慈悲この上もありません。あるいは、このシリーズ設定の継続を切望していた読み手もまた無慈悲と言えるかもしれませんが。

しかし、それに応えるように、藤沢は新たな人物を登場させます。その中でもっとも魅力的なのが、佐知という女忍者です。ここに取り上げる「奇妙な罠」では、又八郎が公儀隠密に幽閉されていよいよ危ないという時に、佐知が助け出してくれたのでした。

末尾文は、これまでとはまた違った場面転換を表しています。その一文からは、どう見ても卑屈になっている浪人の売り込みとしか思えません。しかも、その老人の用心棒となった細谷源太夫とともに、老人を狙った討手を追い払うという腕を、見本のように見せただけでなく、手当ての割引までしてのことです。これは、ブランクはあったものの、又八郎が藩士からまた一介の用心棒に落ちてしまったことの証と言えます。

これが場面転換となるのは、一方では公儀隠密との熾烈な闘いが始まったことが描かれているからです。つい待遇の良さに引き受けてしまった、別宅の番人という仕事が公儀隠密の罠だったと気付いた時は、捕らえられ拷問を受けていました。相手は公儀ですから、個人的な用心棒の仕事としての単純な闘いとは、その深刻さが格段に違います。

だからでしょうか、まだ拷問による傷が治りきっていないのに、源太夫を案じて斬り合いに臨んだ又八郎には、どこか生き生きとした感じすらあるのです。そんなふうに描写する表現は見当たらないにもかかわらず。

それは、藩というくびきがあるからこそせざるをえない公儀隠密との闘いに比べれば、一介の用心棒としての闘いを生きるほうが、よほど自由に感じたからかもしれません。末尾文の又八郎のていたらくはそれと一続きです。

谷口権七郎の恐れは正鵠を射ていた、と思いながら、又八郎はともすると頭を持ち上げそうになる焦燥に耐えていた。（再会）

「再会」は、「用心棒日月抄」第三集「凶刃」の二番めの作品で、タイトルどおり「再会」する相手は、用心棒仲間の細谷源太夫や口入れ屋の吉蔵、そして嗅足組の佐知です。再会したということは、また又八郎が江戸に戻ってきたということです。帰藩して一年も経たないうちに、しかも妻となった由亀が身籠ったというところで、今度は元家老の密命を受けての江戸入りです。

その元家老というのが末尾文の谷口権七郎であり、じつは佐知の父親でもありました。今回の目的は嗅足組の抹殺を狙う動きを阻止することにありました。佐知とはただならぬ関係となっていた身としては、その父親からの依頼を断るわけにはいきませんでした。

それはそれとして、生活費を稼ぐために働かなければなりません。早速の仕事は、源太夫と一緒に、さる小藩下屋敷の警備でした。当初は何事も起こらず、「いい骨休めが出来る」と思っていたのですが、そう長くは続かず、数日後には襲われてしまいます。まあ、何も事件が起きなければ、用心棒の物語は成り立たないのですけれど。そして、特段の波乱もなく、盗賊を追い払い、あっさりと御用済みになりました。

末尾文は、その用心棒仕事とは何の関係もなく、作品最後の場面で、帰宅早々の又八郎のところに、嗅足組の女性一人が行方不明になったという知らせが届いたことに関してです。その知らせは、本命の仕事が始まったことを告げるものでした。

又八郎が「焦燥に耐えていた」のは、単に詳しい情報がまだ得られていないからではありません。その女性の行方を探ろうとしているはずの佐知の身を案じてのことでした。佐知たちは普段は、江戸藩邸で働く身分ですが、それ以外の動きを見せることが敵の思うツボになってしまうからです。嗅足組をとりまとめる立場にある佐知は、まっ先にねらわれる恐れがありました。

はたして、これからどうなるのか。この末尾文は、「再会」という作品のしめくくりというよりは、「刺客」という新連作の物語がいよいよ動き出すことを予告するものです。

歯を喰いしばって歩きながら、又八郎はあのひとが白い胸をひらいたのは当然だ、と思った。
（梅雨の音）

「あのひと」とは、佐知のことです。「白い胸をひらいた」というのは、又八郎と佐知がそういう関係になったということです。佐知は敵と闘って足に傷を負い、助けてくれた商家で手当てを受けていました。その連絡を受けて、又八郎が看病していた時のことです。

今、又八郎が「歯を喰いしばって」いるのは、同じ相手と闘い、打ち倒しはしたものの、自分も腿を斬られたからです。「当然だ」と思ったのは、そういう時は誰かに頼りたくなる思いが募ることを、自らも実感したせいです。

これが末尾文になっているのは、この作品のメインが用心棒の仕事でも敵との闘いでもなく、佐知との関わりにあることを示すものでしょう。

佐知の看病で一夜を過ごした時、又八郎の胸にゆくりなくも去来したのは、「女子のしあわせ」とは何かということでした。そして、又八郎と関わりを持つ佐知と由亀という二人の女に関して、女には過酷な仕事による「疲労と傷の痛みに打倒され」「こんこんと眠っている佐知もあわれながら、周囲の白眼視に耐えて、又八郎の帰国を待っている由亀もあわれに違いなかった」と思わずにはいられませんでした。

その二人のためにも、今回の仕事にできるだけ早く決着を付けることを心に誓う又八郎ですが、佐知は佐知、妻は妻という感じで、いささか虫が良い感じがしなくもありません。佐知と「どちらから誘うともなく、ひとつ床に寝」たのは、その場の成り行きではあったとしても、妻の影はちらともよぎらなかったのかしらん。

しかし、目下の仕事のパートナーは、あくまでも佐知です。「佐知とは生死の境い目でつながれていて、ともにのがれることを許されていない」関係にあると思った時、末尾文の「当然だ」という、怒りにも似た気持が強く湧いてきたのでした。

作品タイトルの「梅雨の音」には、末尾文も含めて、いつ晴れるとも知れない、暗く重く湿った、又八郎の心境がそのままイメージされていると言えます。

月もない暗い夜で、孫十郎の気分は闇が心の中にまで押し入ってきたように、暗く重くなっていた。（疑惑）

孫十郎は、まだ二十代の定町廻り同心で、ある殺人事件の真犯人を解明したばかりなのですが、メデタシメデタシとはならず、この末尾文です。まるで真相を明らかにしたことが、罪深いことだったようにさえ思われる終わり方です。

時代小説とりわけ捕り物帳作品は、勧善懲悪を旨としているにもかかわらず、そんなふうには割り切れない世界があることを、少なくとも割り切れないと考えてしまう人物もいることを、この作品は描いています。

蝋燭商の河内屋に賊が押し入り、主人・庄兵衛が殺されます。まもなく、その容疑で、勘当されていた養子の鉄之助が捕らえられますが、容易に白状しません。しかし、あまりにも自明のような見立てにふと疑問を抱いた孫十郎がひそかに再捜査を始めてみると、後妻であるおるいに「疑惑」が生じます。

そして、十年来の付き合いがあった祈禱師の神谷三斎との仲が突き止められた時、おるいは一切を告白します。おるいは、鉄之助に殺人の濡れ衣を着せようと謀ったのでした。単純な強盗殺人よりもタチが悪いとも言えますが、自らその真相を明らかにした孫十郎は、はたしてそれで良かったのか、割り切れない思いを抱いてしまいます。

もちろん、愛人と共謀して夫を殺めた罪、息子にその罪をかぶせようとした罪が、おるいにはあります。しかし、孫十郎がおるいに見ていたのは、そこだけではありませんでした。そのきっかけになったのが、「よそに好きな男が出来ると、亭主を殺すか」という孫十郎の問いに、妻の保乃が「そのために旦那様が邪魔だとなれば、それは殺しもするでしょう。女は浅はかなものですから」と答えたことでした。

浅はかさゆえの罪と言うのは、道理です。しかし、その浅はかさを導いた罪、それを許さない罪、それしか選ばせない罪は、どうでしょうか。孫十郎を悩ませたように、問われていることは、決して一筋縄ではありません。

お津世は赤くなって玄次郎をつねった。（針の光）

「神谷玄次郎捕り物控」という副題の付いた、八編の連作短編は、最後に発表された「霧の果て」という作品のタイトルがその書名となりました（ただし、最初に単行本になった折の書名は第七編の「出会茶屋」）。「針の光」は、連作の第一編になります。

主人公は、北の定町廻り同心の神谷玄次郎、その情婦が小料理屋「よし野」の女主人のお津世です。こういう設定は、平岩弓枝の「御宿かわせみ」シリーズにそっくりですね。「御宿かわせみ」の最初の作品が発表されたのが一九七三年、「針の光」が雑誌に掲載されたのが一九七五年。あるいは、同様の設定で張り合ってみようとする遊び心が、藤沢の中にあったのかもしれません。

末尾文は、二人がどういう関係かを端的に示しています。お津世が赤くなったのは、一件が片付いて、何日かぶりに「よし野」に顔を出した玄次郎が、「やっぱり二階がいいな。お前は声がでかいからな」と言ったからでした。同じやりとりが冒頭にも出て来ます。これが二人の秘め事に関わるのは説明するまでもないでしょう。

事件の連絡はだいたい、玄次郎が「よし野」にいる時に、岡っ引きの銀蔵からもたらされます。この作品に用意された事件は、若い女性が首を刺されたうえ絞め殺されて、川に捨てられたというものでした。その検視をした玄次郎は、二年前の連続殺人事件と同じ手口であることに気付きます。早速、その線で捜査を始めますが、その間は「よし野」に立ち寄ることもなく、事件にかかりっきりになります。親譲りの同心気質によるのか、凶悪犯となると、「ことり、と心の中で憎悪が動く」のでした。そうして捕らえた犯人は、玄次郎の目星どおり、変質者の若旦那でした。

緊迫した捕り物の後に待っているのは、お津世とのたわいないやりとりです。二年前に夫を失い、三歳の男の子を持ち、店を切り盛りする二十四歳という、大人の女性とのやりとりは、十代女性の無残な死に様を見た後のことですから、さぞ玄次郎の心を和らげてくれたことでしょう。作品末尾での、この緩急の付け具合がまさに絶妙です。

玄次郎は元気のない声で、銀蔵に言った。（青い卵）

玄次郎が言ったのは、「子供がいじっていたところを調べてみな。何か証拠のものがあるかも知れねえよ」です。その子供は糸屋の次男坊で、文吉という、十二歳になる男の子です。殺人現場の近くでその子を見掛けた時から、玄次郎はどこか不気味なものを感じていました。その感じは、作品冒頭に出て来る「よし野の二階で、得体の知れない青い卵を見たときの感じによく似ていた」のでした。

藤沢は、何から「青い卵」を着想したのでしょうか。殻の青い鶏卵は実在するようですが、鶏が戸袋に巣を作って産むとは思えません。岡っ引きの銀蔵はムクドリの卵ではないかと推理しますが、当てになりません。季語にもそれ相当の言葉は見当たりません。単に文吉の比喩とするためだけに持ち出したにしては、それにまつわる描写が詳しくされていて、釣り合いが取れないように思われるのです。

事件は、一人住まいの老婆が殺され有り金を盗まれるというものでした。犯人は、老婆の住む長屋にちょくちょく顔を出していた小間物売りの長吉でした。なじみの商売女に入れあげて、金に困っての犯行です。ところが、別に仕舞ってあった暮らしの金には手を出していないと頑強に否定します。そこで、疑いの目を向けられたのが、殺された老婆の茶飲み友達で、よく遊びに訪れていた糸屋の隠居が伴っていた文吉でした。

文吉が老婆の死後、小金のほうを盗んだのではないか。玄次郎は、「頭を振って、妄想めいた考えを振り捨て」ようとしますが、頭から離れません。末尾文で「元気のない声」になったのは、そのせいです。玄次郎は、ゴリゴリの正義漢ではなく、事と次第によっては、犯人を見逃してやることもある同心です。しかし、相手が子供となると、それ以前に、罪そのものを認めたくないのでした。

もし「証拠のもの」が見つかったら、玄次郎はどのように対処するのでしょうか。へたをすれば、文吉は無邪気を装って、長吉に殺人を促したかもしれない、したたかな少年ということもありうるのです。とはいえ、まだ結婚もしていない玄次郎に、子供を大人同様に罰することが出来るとは思えませんが。

五月三日仙台で調印された奥羽列藩同盟に、粟野藩は首席家老石黒権十郎を送り、正式に加盟した。

（十四人目の男）

この末尾文は史実に基づいたものですが、作品はそこに至るまでの一つの人間ドラマを描いたものです。幕藩体制に関わる政治的な出来事ですから、おもな登場人物は男性ですが、印象に残る女性も二人、出て来ます。多美と佐知です。

多美は、中心人物の神保小一郎と同僚である八木沢兵馬の姉です。派手な美貌で、小一郎は「身体を息苦しさが駆けめぐる」ほどですが、なぜかまだ独身でした。弟の兵馬は「姉はもともと男縁が薄い」と思っています。しかし、多美に、夜の通りでばったり出くわした小一郎は、「あの人には、男がいるのではないか」という疑いを持ちます。その相手が意外にも、小一郎の叔父の鷹次郎でした。

それから多美がどうなったかまでは描かれず、その点、作品における位置付けとしては半端です。じつは、もう一人の女性・佐知との対比が図られた存在でした。

佐知は、二度結婚し、二度とも夫の死によって、早々に家に戻ってきました。一つ違いの甥である小一郎は、小さい頃から姉弟のように付き合ってきましたから、佐知の続けての不運には、心を痛めていました。まだ十八歳の寡婦でした。

佐知の三度めの縁談の相手は上士の藤堂帯刀で、後添いですが、小一郎は、臆する佐知に強く勧めました。それが利いたのか、佐知は嫁入りし、女の子も生まれました。その子を見せに来た時の佐知は、「初めて倖せらしい倖せを摑んだ喜び」に溢れていました。

ところが、わずか三年後、同盟加入に関わる藩の政争に巻き込まれた夫ともども斬首の刑を受けてしまいます。その知らせを受けた小一郎は、「俺ばかりではない。家の者みんなで叔母を殺した」と憤ります。その憤りが、小一郎を政争の真相究明に向かわせたのでした。

結果として、末尾文の示すような歴史的な出来事に、多美や佐知のような女性が直接、関わることはありません。しかし、事実を淡々と記す末尾文には、そこに生きる女性一人ひとりの幸不幸があったことがしっかりと刻み込まれています。

佐々木たちが高笑いの声を残して、龍原寺門前の方角に走りこんで去ったあとに、八郎の死体の上を、夕暮れの風がもの憂く吹き過ぎて行った。

（回天の門）

「回天の門」は、全集で約四百頁に及ぶ長編小説です。幕末の志士・清河八郎を主人公とした伝記物で、幼少の頃から斬殺されるまでが描かれています。全体は二十二章に分かれ、最終章は「麻布一の橋」で、八郎が殺された場所です。

八郎は、藤沢と同郷であり、藤沢にとっては小さい時からなじみのある人物でした。その八郎が、世の中では「山師、策士あるいは出世主義者」と悪く言われていることに義憤を感じて創作した作品のようです。そのような創作の動機を、藤沢にしては珍しく、「あとがき」に強い調子で記しています。

ただし、その贔屓ぶりは、やや度を越した感もあり、最終章では、「八郎は、自分より立場の弱い人間や、慕ってあつまって来るものに対しては、とことんまで尽くすたち」であり、「おのれを押しつぶしにかかって来る者に対しては、それが何者であれ、才と胆力にものを言わせて完膚なきまでにやりこめてしまう性向があった」のように、藤沢が嫌いなはずの英雄を取り上げる際にありがちな、きわめて紋切り型の人物像として描写しています。しかし、それにはそれなりの理由がありました。

最後の場面では、襲ってきた浪士組の六人に対して、八郎は一度は歯向かおうとしますが、やがて刀を納めて、「斬るに任せ」たのでした。それは、そもそも死を覚悟しての外出であり、その死をもって浪士組の重大な動きを阻止しようとするためでした。

これらは、いずれも史実に対する藤沢の解釈であり、藤沢はそのような運命にあったことの根本に、八郎が「草莽の志士」つまり民間人の志士だったことを見ています。

時代の中で、負ける者のほとんどは民間人であり、藤沢の義憤はもともとそこに発したものだったのです。末尾文に記された「八郎の死体」も、もう明日になれば片付けられ、忘れ去られてしまうでしょう。山師とも呼ばれるほど派手な活躍をした八郎でさえもそうなのでした。だからこそ、その最期の無残感、虚無感はひときわ痛切です。

行燈の灯が、白髪蒼顔の、疲れて幽鬼のような相貌になった老人を照らしていた。（市塵）

「市塵」は、新井白石を描いた長編伝記小説で、おもには六代将軍・家宣に仕えていた頃のことが描かれています。タイトルの「市塵」という言葉は、街中の賑わいの意味であり、最終の第五十章に、引退後は「市塵の中に帰るべし」という白石の思いを表現したところから採られています。

白石と言えば、政治家というよりは謹厳で融通のきかない学者というイメージが強いのではないでしょうか。全集第二十二巻月報に、作家の綱淵謙錠が面白いことを書いています。この作品で、白石の笑いの描写を数えたら、わずか十一ケ所しかなく、しかも「声高らかに、大きく腹から笑った個所はまったくない」として、そのことを末尾文の「幽鬼のような相貌」という表現と、やや強引に結び付けているのです。

しかし、この末尾文は、いま執筆している「「史疑」を書き上げないうちは死ぬわけにはいかぬ」という必死の思いで、夜更けまで机に向かう、老いた白石の様子を描いているのですから、とても笑うところではありません。

白石の死ではなく、このような場面で作品を終わらせようとしたのには、それなりの意図があったと考えられます。作品は、以前に仕えていた甲府藩邸で、用人の間部詮房から、将軍の交代に伴い、政治を助けるよう求められたことから始まります。以後、幕政のアドバイザーとして数々の実績を残しますが、それが本意だったかと言えば、疑問です。

たしかに、若い頃の白石にも、政治的な野心もそれなりにあったとしても、もともとは学者として身を立てるつもりでいました。それが、引退してようやく、「市塵」の中で専念できるようになったのです。残された時間はそう多くはありません。必死になるのも当然です。

末尾文は、物語の中心となる、政治家としての白石ではなく、学者として最期を全うしたいという白石の姿を示すことで、この作品をしめくくろうとしたものでしょう。外見は「幽鬼のような相貌」であっても、内面には喜びの笑みが溢れていたかもしれません。

馬腹を蹴って、助左衛門は熱い光の中に走り出た。　（蝉しぐれ）

最後に取り上げる末尾文が「蝉しぐれ」であることに、何か巡り合わせが感じられます。「蝉しぐれ」は成長物語である以上に、恋愛物語です。それは何よりも、作品の冒頭章と最終章が、文四郎（後の助左衛門）とおふくの出会いを描く場面になっているからです。藤沢の恋愛物語の双璧は、この「蝉しぐれ」と「海鳴り」でしょう。「海鳴り」が大人版とすれば、「蝉しぐれ」は青春版です。末尾文での助左衛門はすでに四十歳を過ぎていますが、おふくとの恋は青春そのままでした。

家が隣り同士だった文四郎とおふくは、小さい頃から顔なじみでした。しかし、お互い武家の子でしたから、気安く話したり遊んだりする関係ではありません。それでも、お互いに意識はし合っていたのですが、突然の思いがけない別れが訪れます。おふくが江戸藩邸に奉公することになったのです。その後、藩主の手が付き、側妾になりました。もはやおふくは、文四郎の手の届く存在ではなくなってしまいました。

そうなると、余計に思いが募るのが人の習いというものです。文四郎はその熱い思いを秘めたまま、母の言うなりに地味な女性と結婚し、仕事にも剣の修行にも励んだのでした。そんな中、定番のような藩内の政争に巻き込まれ、おふくとその幼な子を窮地から救い出すという出来事もあったものの、そこに個人的な情を差し挟む余地はありませんでした。それから、「二十年余の歳月が過ぎた」のですが、その間も交渉はまったくなし、です。

ある日、大胆にも、おふくから文四郎に手紙が届きます。藩主を亡くし尼になる前に、個人的に会いたいというものでした。「あなたさまは子供のころから一点大胆な気性を内に隠しておられた」と語る文四郎に、おふくは声を出さずに笑います。そして、最初で最後の告白をし合います。お互いの気持を確認し合えただけで、二人は十分に幸せでした。束の間の逢瀬の別れ際のおふくの言葉は、「これで、思い残すことはありません」です。

末尾文は、ようやく青春の恋に決着を付けることが出来た文四郎が、真の大人としての助左衛門に生まれ変わる、その決然とした出発の姿をくっきりと描いたものです。

おわりに

時代小説あるいは歴史小説は、その性質上、設定にさまざまな制約があります。ややもすれば、その説明に傾きがちになるものですが、藤沢作品の中心は、そこにはありません。中心は、あくまでも人間にあります。人間の生きざまにあります。しかも、その人間は、いわゆる歴史上の人物ではなく、武士であれ庶民であれ、ほとんどがごくごく普通の人々です。そういう人物一人ひとりに焦点を当て、感情移入も説教臭も極力抑えて、丁寧に丁寧に描写しているのです。

本著は、「はじめに」に記したように、末尾文から作品を読む試みを示したものですが、それは結局、作品の主筋を追うというよりは、そういう登場人物たちの行動や心理を辿ることになりました。末尾文の一つひとつのありようが、その大切さを教えてくれたのです。加えて、そういう読み方の味わい深さも。

このような作家・作品と巡り合えた幸せを、多くの方々と共有できればと念じています。

半沢 幹一（はんざわ かんいち）
1954年2月9日　岩手県久慈市生まれ
1976年3月　東北大学文学部国語学科卒業
1979年3月　東北大学大学院文学研究科修士課程修了
2019年3月　同上博士課程後期修了
学位：博士（文学）
現職：共立女子大学文芸学部教授
主著：『文体再見』（2020年, 新典社）
『最後の一文』（2019年, 笠間書院）
『題名の喩楽』（2018年, 明治書院）
『向田邦子文学論』（向田邦子研究会編, 2018年, 新典社）
『向田邦子の思い込みトランプ』（2016年, 新典社）
『言語表現喩像論』（2016年, おうふう）
『表現の喩楽』（2015年, 明治書院）
『日本語　文章・文体・表現事典』（共編, 2011年, 朝倉書店）
『向田邦子の比喩トランプ』（2011年, 新典社）

新典社新書 81
藤沢周平　とどめの一文

2020年8月22日　初版発行

著者――半沢幹一
発行者――岡元学実
発行所――株式会社 新典社
〒101-0051　東京都千代田区神田神保町1-44-11
編集部：03-3233-8052　営業部：03-3233-8051
ＦＡＸ：03-3233-8053　振　替：00170-0-26932
https://shintensha.co.jp　E-Mail:info@shintensha.co.jp

印刷所――惠友印刷 株式会社
製本所――牧製本印刷 株式会社

ISBN 978-4-7879-6181-5 C0295

定価はカバーに表示してあります。
乱丁・落丁本は、お取り替えいたします。小社営業部宛に着払でお送りください。

◆ 新典社新書 ◆

㉙芝居にみる江戸のくらし 吉田弥生
㉚我を絵に看る ―芭蕉の甲斐行― 楠元六男
㉛源氏物語 二つのゆかり ―継承の主題と変化― 熊谷義隆
㉜御家騒動の物語 ―中世から近世へ― 石黒吉次郎
㉝礼法を伝えた男たち 綿抜豊昭
㉞文豪だって漢詩をよんだ 森岡ゆかり
㉟清少納言〝受難〟の近代 ―「新しい女」の季節に遭遇して― 宮崎荘平
㊱男はつらいよ 推敲の謎 杉下元明
㊲古事記の仕組み ―王権神話の文芸― 志水義夫
㊳千と千尋の神話学 西條 勉
㊴『宇治拾遺物語』の中の昔話 廣田 收
㊵跳んだ『源氏物語』 ―死と哀悼の表現― 天野紀代子
㊶和歌を力に生きる ―道綱母と蜻蛉日記― 堤 和博
㊷「危機の時代」の沖縄 ―現代を写す鑑、十七世紀の琉球― 伊藤陽寿
㊸神の香り秘法の書 ―中国の摩崖石経・下― 北島信一
㊹智恵子抄の光景 大島裕子
㊺昔男の青春 ―『伊勢物語』初段～16段の読み方― 妹尾好信
㊻涙の美学 ―日本の古典と文化への架橋― 榎本正純
㊼琉球の恋歌 ―「恩納なべ」と「よしや思鶴」― 福 寛美
㊽初代都太夫一中の浄瑠璃 ―音曲に生きた元住職― 小俣喜久雄
㊾万葉集を訓んだ人々 ―「万葉文化学」のこころみ― 城﨑陽子
㊿源氏物語 姫君のふるまい 太田敦子
51アニメに息づく日本古典 ―古典は生きている― 山田利博
52紫式部・定家を動かした物語 ―謙徳公の書いた豊蔭物語― 堤 和博
53ことばと文字の遊園地 小野恭靖
54女神たちの中世神話 濱中 修
55向田邦子の比喩トランプ 半沢幹一
56夜の海、永劫の海 福 寛美
57ヒミ日本文学 ―古典文学の舞台裏― 岩坪 健
58コロポックルとはだれか ―中世の千島列島とアイヌ伝説― 瀬川拓郎
59万葉集からみる「世界」 井上さやか
60つける 連歌作法閑談 鈴木 元
61アイヌの沈黙交易 ―奇習をめぐる北東アジアと日本― 瀬川拓郎
62少年少女のクロニクル ―セラムン、テツジン、ウルトラマン― 志水義夫
63萬葉の散歩みち 続 廣岡義隆
64文豪たちの「?」な言葉 馬上駿兵
65ぐすく造営のおもろ ―立ち上がる琉球世界― 福 寛美
66向田邦子の思い込みトランプ 半沢幹一
67知ったか源氏物語 山田利博
68宮廷の御神楽 ―王朝びとの芸能― 中本真人
69京アニを読む 野村幸一郎
70［文法］であじわう名文 馬上駿兵
71魔法少女まどか☆マギカ講義録 ―メディア文藝への招待― 志水義夫
72『源氏物語』女三の宮の〈内面〉 西原志保
73超口語訳 徒然草 濱田浩一郎
74重箱の隅から読む名場面 馬上駿兵
75戦国武将と能楽 ―信長・秀吉・家康― 原田香織
76物語の中の京都 濱中 修
77滑稽艶笑譚 ―江戸小咄を愉しむ― 宮尾與男
78「令和」から読む万葉集 辰巳正明
79平家物語とその周辺 ―女性たちの物語― 濱中 修
80向田邦子の末尾文トランプ 半沢幹一
81藤沢周平 とどめの一文 半沢幹一